HAYABUSA
2025 Carlsen Verlag GmbH · Völckersstraße 14-20 · 22765 Hamburg
Aus dem Japanischen von Lasse Christian Christiansen
IMAWA NO MICHI NO ALICE Vol.1 & 2 by Haro ASO, Takayoshi KURODA

Original Japanese edition published by SHOGAKUKAN.
German translation rights in Germany, Austria, Liechtenstein and German speaking area in Switzerland, Belgium, Italy and Luxembourg arranged with SHOGAKUKAN through VME PLB SAS.
Covergestaltung: Laura Bartels Sonnenfisch Production
Redaktion: Germann Bergmann
Herstellung: Maria Niemann

ISBN: 978-3-551-6250
FOLLOW THE FALC

www.hayabusa-mang
hayabusa_mang
carlsen_hotpot

MIX
Papier | Fördert gute Waldnutzung
FSC® C083411

Wir produzieren nachhaltig
- Klimaneutrales Produkt
- Papiere aus nachhaltigen und kontrollierten Quellen
- Hergestellt in Europa

... eine gefunden.
Die Reisegefährten haben sich aufgeteilt. Eine brutale Königin ist erwacht. Die Erinnerungen kehren zurück. Nagoya ist zu einer Wüste geworden, doch dort wird ein stürmischer Kampf ausbrechen.

Ich habe …

To be continued

... Nagoya ?!

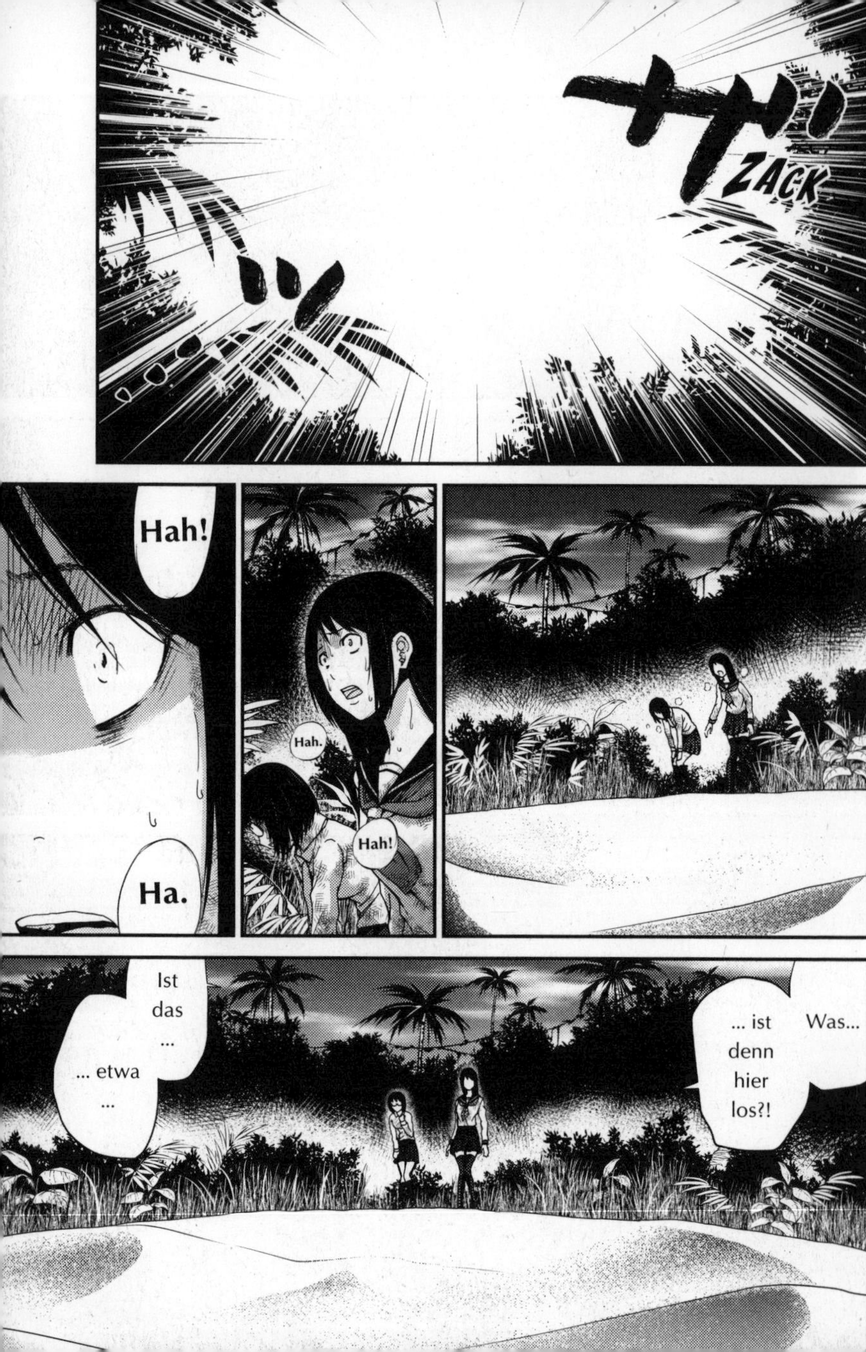
ZACK
Hah!
Ha.
Hah.
Hah!
Was...
... ist denn hier los?!
Ist das ...
... etwa ...

Haah!
Hah!
Ich brauche... Wasser...
Ich werde sonst echt... nicht länger durchhal-ten...
Wenn wir stehen blei-ben, holen sie uns ein!
Wir müssen erst mal an einen Ort mit Wasser...
Sag mal... Was ist das?
Der Wald...
... hört dort auf!
Vielleicht gibt es einen Fluss!
Komm mit, Kina!
ZACK
RASCHEL

Entkomme dieser Notlage ...
... werde zu einem Monster...
... und töte mich!

Ich wollte...
... von anderen geliebt werden und habe daher Psychologie und Kognitionswissenschaft studiert.
Aber am Ende erhielt ich nur Mittel...
... um dadurch andere nach meinen Wünschen zu lenken...
Ich werde dir...
... eine Chance geben, zu überleben...
KLONKS
So kannst du mich...
BOMM
... ein wenig mehr unterhalten.
BOMM
BOMM

Das Stanford-Prison-Experiment...
Lobotomien...
Buemeds Blut...
Das MKULTRA-Programm...
Die Neugierde der Wissenschaftler ist unstillbar.
Für den Fortschritt der Wissenschaft wurden zahlreiche psychologische Experimente gemacht...
... und selbst wenn sie unmenschliche, grausame Vergangenheiten haben...
... ist so etwas heutzutage unvorstellbar geworden...
Für einen armen Wissenschaftler, der in so eine langweilige Zeit geboren wurde...
... ist dies ein Geschenk des Himmels!
In Extremsituationen werfen Menschen ihre Schalen ab und zeigen ihre wahre Natur.
Dies ist also der ideale Ort für ein Experiment!

... habe ich dir einfach in die Schuhe geschoben.
Un... Unmöglich...
Du warst das?!
Das alles...
... warst du?!
Ich muss mich...
... bei dem Gott wirklich bedanken, der mich...
... in diese Welt gebracht hat...
Hnghs!
Hrrrr-ghs!

TSCHRACKS
Ich werde...
... dir ein Geheimnis verraten.
Hinter allem ...
... stecke allein ich.
Ich habe diesem törichten Weib eingeredet, wie wichtig die Karten sind.
Ich wusste, dass sie wegen ihrer Schwester Komplexe hat.
Und dennoch habe ich mit ihrer Schwes-ter geschlafen und ihr so den Verstand geraubt.
Dass die Batterie vom Wohnmobil wegen des Schlüssels leer war...

Dein Mut und deine Entschlossenheit, zu töten, können mir noch nützlich sein.
Wenn du mich aber dennoch als Feind ansiehst...
... dann schieß mir lieber in den Rücken.
PITSCH
Dann haben wir jetzt...
... also eine Allianz.
Dann gehen wir mal!
Wir werden iese bei- de Ama- eurinnen n Stücke reißen!

Aber jetzt...
... wissen wir doch gar nicht, wo sie hin sind...
Mach dir keine Sorgen...
Die Jagd...
... ist unser Spezialgebiet...
Das ist deine Spielkarte, oder?
Dann nimm sie an dich.
Ich finde ...
... Schurken gar nicht übel.

Ent-schul-digen ...
... musst du dich ...
... noch für etwas anderes.
Wie?
Ich habe zum ersten Mal davon gehört, dass zwei ermordet wurden und es einen Täter gibt.
Sicherlich war es hart, das alles al-leine für dich zu behalten.
Nächstes Mal kannst du ruhig mit mir reden.
Wir sind doch Freunde.
Nehmt nur das Mindeste an Proviant als Gepäck mit!
Wir müssen ihnen sofort hinterher!

Wenn jetzt alles einfach nach ihrem Willen laufen würde...
... wäre das doch ziemlich frustrie-rend, oder?
Daher habe ich es gesagt!
Sie hat die Augen einer Kämpfe-rin!

Ich weiß, dass sie uns verfolgen werden...
Es tut mir auch leid, weil du dadurch in Gefahr geraten könntest, Kina...
... aber ...
... ich ...
... konnte es ihnen nicht vergeben...
Sie wollten Morio im Stich lassen...
... und wollten uns nicht mal lebend entkommen lassen...
Diese Typen konnten einfach so...
... solche grausamen Dinge machen...

...
Was ?!
Klug...
In dem Moment etwa?!
Nicht doch ...
Wieso denn?!
Aber dann...
... werden sie uns doch...

Da ist...
Eine Karte ...
... nur eine Karte?!
... habe ich mitgenommen!

...
?
Da...
Das ist...
WUSCH
Es ist so...
... Kina...
Tatsächlich...
... muss ich mich bei dir entschuldigen...
WUSCH

Außer-dem...
... verfolgen die ande-ren uns vielleicht irgend-wann...
Aber...
... wir haben die Karten doch ab-gegeben.
Sie brau-chen uns doch nicht mehr...
Sind sie da?

Du hast das für mich gemacht...
Danke, Arisu.
Komm!
Steh auf!
Wir können hier nicht einfach in dem Dschungel Zeit vertrödeln!
Wir müssen irgendwie Wasser und Proviant auftreiben.

Es kommt uns...
... niemand nach...
Ha.
Hah!
Im Mo-ment ...
... streiten sie sich bestimmt.
... Kina?
Jetzt...
... sind wir wieder alleine...

Kuni-matsu!
J...
Ja!
Schau hinter das Nummern-schild...
Ver-stan-den...
Hah!
Hah!
Hah!
Hah!
TSCHRACKS
Ha.
Hah.
Ha.
Hah!

Aber bevor ich ermordet werde...
... sollte ich dich auf der Stelle erschießen, oder?
Töten ...
... kannst du ihn immer noch...
... aber vorher ...
... müssen wir die zwei Karten überprüfen...

Ha-ha!
Dann bist du tatsächlich böser drauf als ich...
Ein Halfter.
Bist du...
... etwa Polizist?
Mir ist wurstegal, wer du bist.
Das Problem ist jetzt eher...
... dass du eine gefährliche Person wie Shu beseitigt hast...
... und ich damit genau in dein Beuteschema fallen würde, oder?

WUSCH
!
Es ist...
... genauso, wie Arisu geschlussfolgert hat...
Der Mörder der beiden...
... bin ich.

In der ersten Nacht ...
... habe ich drei Schüsse gehört...
Michiyoshis Leiche hatte zwei Schusswunden...
Und der letzte Schuss...
... war in dem Moment, als du Shu getötet hast, oder?
...
Vor euch...
... kann man wirklich nichts verheimlichen...

RASCHEL
Was nun?!
Wollen wir sie verfolgen?
Die Mädels können wir jederzeit ein-holen...
Jetzt ist etwas anderes wichtig...
Die Wahr-heit...
... hören wir jetzt aus dem Mund des Verdäch-tigen!
Seit ich deine Fratze gesehen habe...
... wusste ich, dass du nicht koscher bist.
Du bist...
... auch auf unserer Seite, oder?

!
Ihr Idioten!
TSCHACK
Wieso macht ihr das?!
WUSCH
BAMMS

WATZ
Kina!
Jetzt!
Lauf!

Die beiden Spielkarten stecken hinter dem Nummernschild.
Nicht wahr...
... Ryuichi?

Wenn wahr ist, was du da erzählst, kannst du es beweisen, oder?
Würdest du uns dann den Ort der zwei Spielkarten und den Namen des wahren Täters verraten?
Ja.

Du hast echt eine blühende Fantasie.
Das ist doch nur eine ausgedachte Geschichte...
Es versteht sich, dass du ihr nicht traust...
... aber... es könnte Sinn ergeben.
Michiyoshi wollte seine Karte nicht abgeben und auch nicht nach Tokyo gehen.
Und Shu schien offensichtlich ein Troublemaker zu sein.
Wenn jemand ohne Wissen aller anderen die zwei erledigen würde...
... könnte er ohne große Bedenken mit allen Spielkarten nach Tokyo fahren...
Und...
... junge Dame?

Aber was wäre...
... wenn Shu ebenfalls längst tot ist?
Der wahre Mörder von Michiyoshi und Shu...
... hat aber nur Shus Leiche versteckt...
... um so das Bild eines Verfolgers zu erschaffen...
... und den Verdacht von ihm abzulenken.
Er hat die zwei Karten ver- steckt...
?
... und ist einfach zu uns in den Wagen ge- stiegen.
?

Du denkst...
... dass Shu Michiyoshi ermordet hat, um die Karte zu stehlen.
Und nun ist er mit zwei Karten hinter uns her.
Davon gehst du aus, oder?
Er... Ermordet?!
Häh?!
Wo-von ...
... redest du?!

Wollen wir...
... es dann vielleicht so machen?
Ich werde dir verraten, wo sich die anderen zwei Karten befinden...
... und dafür wirst du uns gehen lassen. Abgemacht?
...
Was?!

Komm schon, Kina...
Nein.
Ich kann euch nicht glauben.
Irgendwie hast du den Blick...
... einer echten Kämpferin ...

Diese drei Spielkarten sind von uns beiden und Mikihiro...
Ich gebe sie dir alle.
Ich verspreche dir auch, dass wir euch auf keinen Fall verfolgen werden, um die Karten zurückzuholen...
Und daher kann ich sie dir ruhig geben!
Bitte verschwinde damit aus unseren Leben!
BITSCH

Kina.
Gib mir...
... deine Spielkarte!
!
Arisu?!
...
Hayeong.

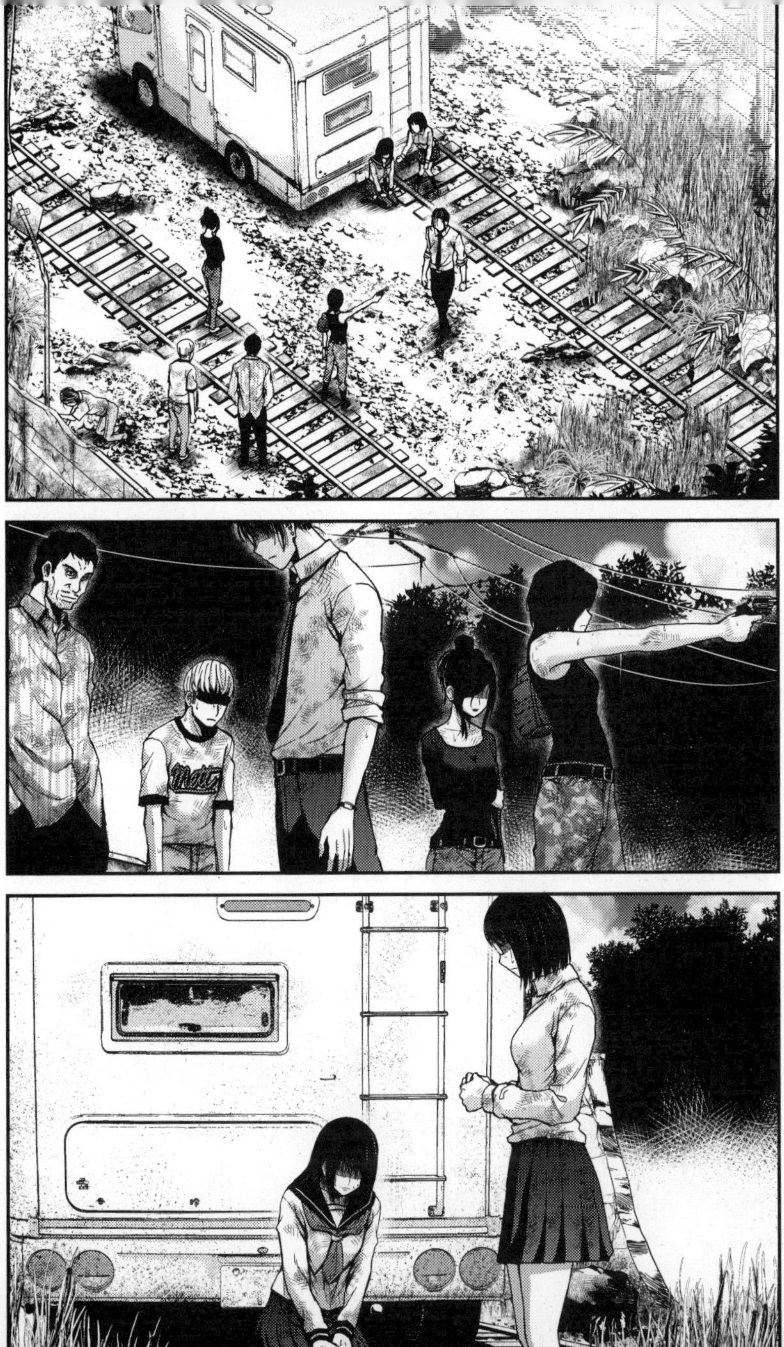

Du kannst dann kein normales Leben mehr führen.
... aber ich habe auch nicht gesagt, dass ich dein Freund bin...
... war komplett sinnlos...
KAPITEL 7:
NAGOYA – TEIL 1

Jetzt herrscht hier Diktatur.
Das ist die neue Ordnung...
... in dieser Welt.
Aber all das...

KAPITEL 7
Ich wollte nicht...
... dass dieses Beziehungsgeflecht zerbricht...
... und habe es auf mich genommen...
... und es alleine ertragen...

Ich bin nicht dein Feind...
... aber ich habe auch nicht gesagt, dass ich dein Freund bin...
Ich...
... muss mich der neuen Ordnung unterwerfen, die sie erschaffen haben...

Ryuichi...
Du hast doch gesagt...
... dass du nicht mein Feind bist, oder?
Bitte rette uns!

Es reicht mir, solange ich die Karten bekomme...
Ich habe kein Interesse an den beiden.
Mach, was du willst...
Kina...
A... Ari-su...
Urgh!
Wäh. Buhu...

Du hast doch zwei Hand-schellen.
Wieso machst du es nicht wie bei den beiden...?
Genauso wie Kuni-matsu Morio angekettet hat...
... soll Arisu Kina mit den Handschellen festmachen...
... damit wir sie als unsere Kameradin akzeptieren können...
Und die Spielkarte nehmen wir eh an uns.
BOMM
BOMM

Ryu-ichi.
Du scheinst nützlich zu sein.
Komm mit uns.
Und die restlichen zwei...
Arisu kann vielleicht noch irgendwie nützlich sein...
... aber die andere...
... ist nichts weiter als Ballast, oder?

UWAAAAAA
Gut gemacht.
AAA
AAA
H
Dann bleiben...
... jetzt noch...
... drei.

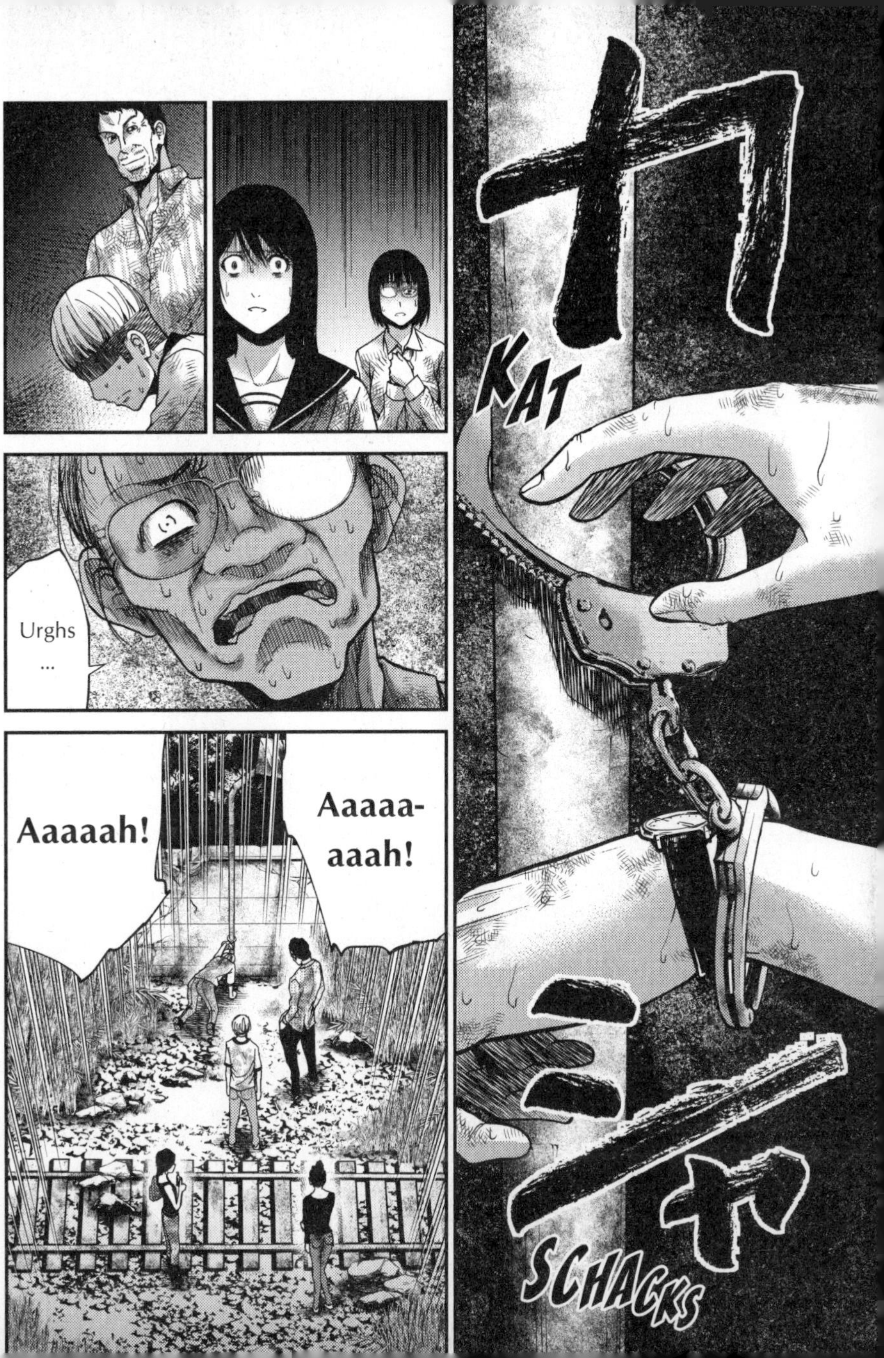
KAT
SCHACKS
Urghs ...
Aaaaa-aaah!
Aaaaah!

Du verstehst es doch, oder?
Wenn du ihn anschließt, ist alles vorbei...
Du kannst ...
... dann kein normales Leben mehr führen!
Aber in deiner Fresse...
... ist überhaupt nichts.

Du machst doch alles, oder?
Zeig mir, dass du nützlich sein kannst.
Hah!
Hah!
Nicht ...
... Kuni-matsu!

Ha-ha.
Wenn das so ist...
... dann schließ du seine Handschellen an den Pfeiler an.
...
Was ?!
Wenn du deine Hände schmutzig machst und den alten Sack hier verhungern lässt...
... akzeptiere ich dich als unseren Kameraden.

Nehmt ...
... mich bitte auch mit!
Ich mache alles!
Ich riskiere mein Leben um euch nützlich zu sein!
Ku... Kuni-matsu?!
Schau doch!
Ich gebe meine Karte...
... an dich ab!
Ich mache alles!
KNÜLL
Ich bitte dich!
Ich möchte ganz sicher nicht wie dieser alte Kerl da enden!

Es tut mir wirklich leid, ja?
Aber es herrscht hier nun mal Dik-tatur.
Hayeong hat eine Knarre, und wenn ich nicht nütz-lich bin...
... könnte es mir morgen genauso ergehen.
Das ist...
... die neue Ord-nung...
... in dieser Welt.
Hö...
Hört mal!

Damit nicht plötzlich irgendwelche Idioten auftauchen und sich denken...
... dass sie uns die Karten abnehmen können.
Aber ...
... wieso ...
... sind die Karten...
... dir so wichtig?
Diese Spielkarten...
... möchten wir doch gar nicht haben!
Wir brauchen die nicht!
Hiiiilfe!
Hey. Wo willst du denn hin?

BOMM
BOMM
In Ordnung.
Wie du befiehlst.
Wenn du das machst...
... dann wird Morio...
... hier elendig sterben.
Was ist denn mit euch los?!
Dafür besteht doch überhaupt kein Grund!
Ich muss an ihm...
... ein Exempel statuieren.

Gamon.
Binde den alten Sack damit...
... an dem Pfeiler dort fest.
BOMM
BOMM
BOMM

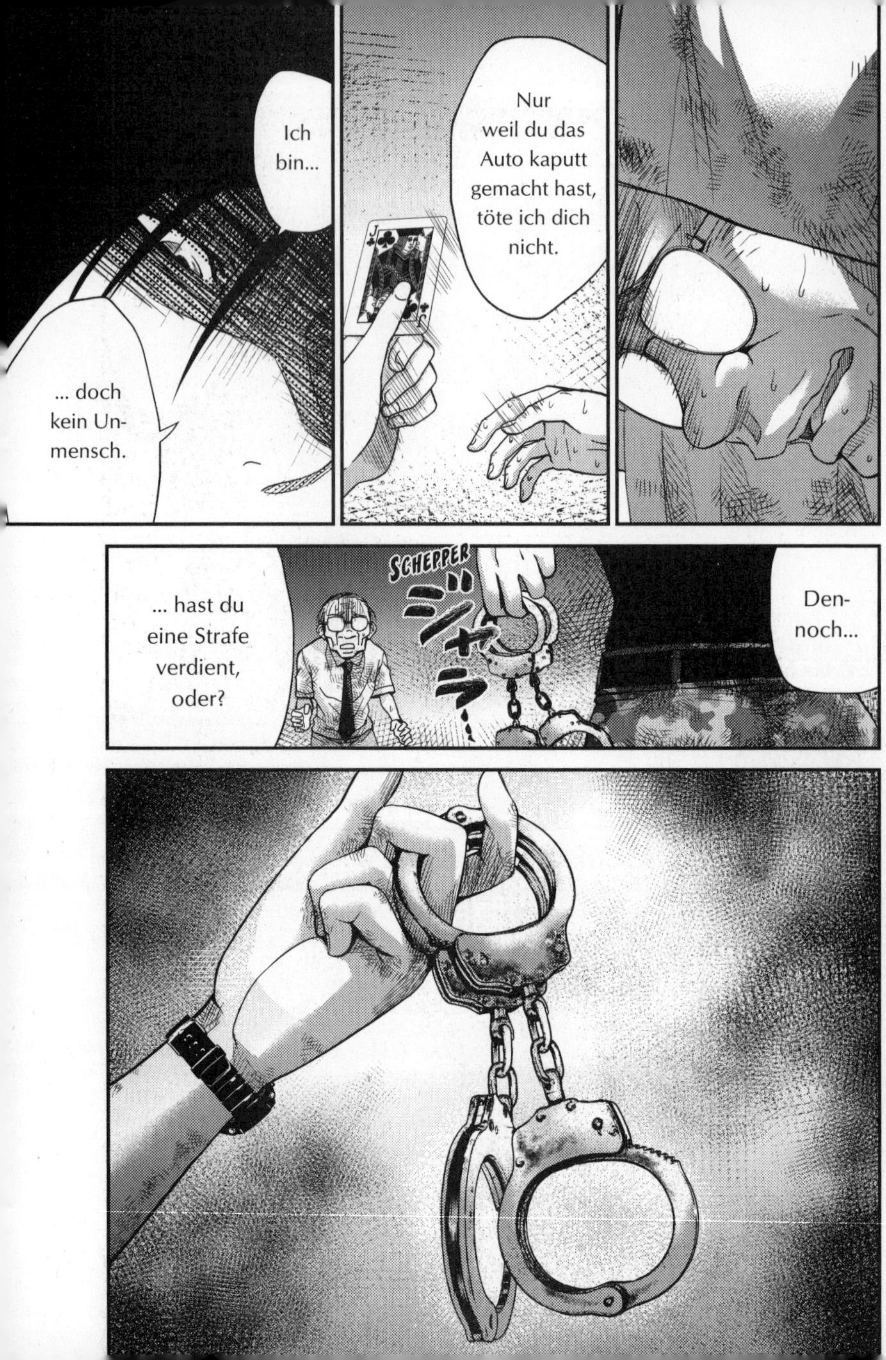

Nur weil du das Auto kaputt gemacht hast, töte ich dich nicht.
Ich bin...
... doch kein Unmensch.
Den-noch...
SCHEPPER
... hast du eine Strafe verdient, oder?

Wenn du jemanden triffst, der von den Spielkarten besessen ist...
... dann gib sie schnell ab und lauf sofort davon.
Jetzt mach endlich!
WAAAAAMM
HIIIL-FE!
Verstanden!
Ich mache ja, was du sagst...
... aber bitte ...
... töte mich nicht!

Hilfe!
Gib mir einfach brav...
... deine Spielkarte.
Du meinst ...
... dass du uns nicht brauchst...
Aber wenn wir dir die Kar-te geben...
... was wird dann aus uns?!

Und nun?
Was machst ...
... du mit dem Rest?
Fürs Erste ...
... ist er hier der Nutzlo-seste...
TSCHAK
Du bist raus, alter Mann!

Darf ich mitkommen?
Ich würde mich auch nützlich machen.
Was ist...
... mit deiner Schwester?
Trotz allem...
... ist und bleibt sie meine Schwester ...
Komm.

... können mir einfach brav ihre Karten aus-händigen und...
... danach ...
... brau-che ich sie nicht mehr.
BOMM
BOMM
BOMM
BOMM

Was hast du denn vor?
Wir sind doch Kameraden, die bisher zusammengehalten haben, oder?
Ich bitte dich...
Beruhige dich...
Jetzt wird ausgedünnt.
Ich nehme nur noch die mit, die mir auch etwas nützen.
Die anderen Typen...

Wir machen jetzt nicht mehr auf lustige Reise-gruppe!
Jetzt herrscht hier Dik-tatur.

Häh?!
Ist das eine echte Knarre?!
Da... Das ist nicht wahr, oder?!
Woher hast du... denn so etwas?!
Mir ist jetzt verdammt egal...
... was aus euch Arschlöchern wird!
Ab jetzt...
... habe ich hier das Sagen!

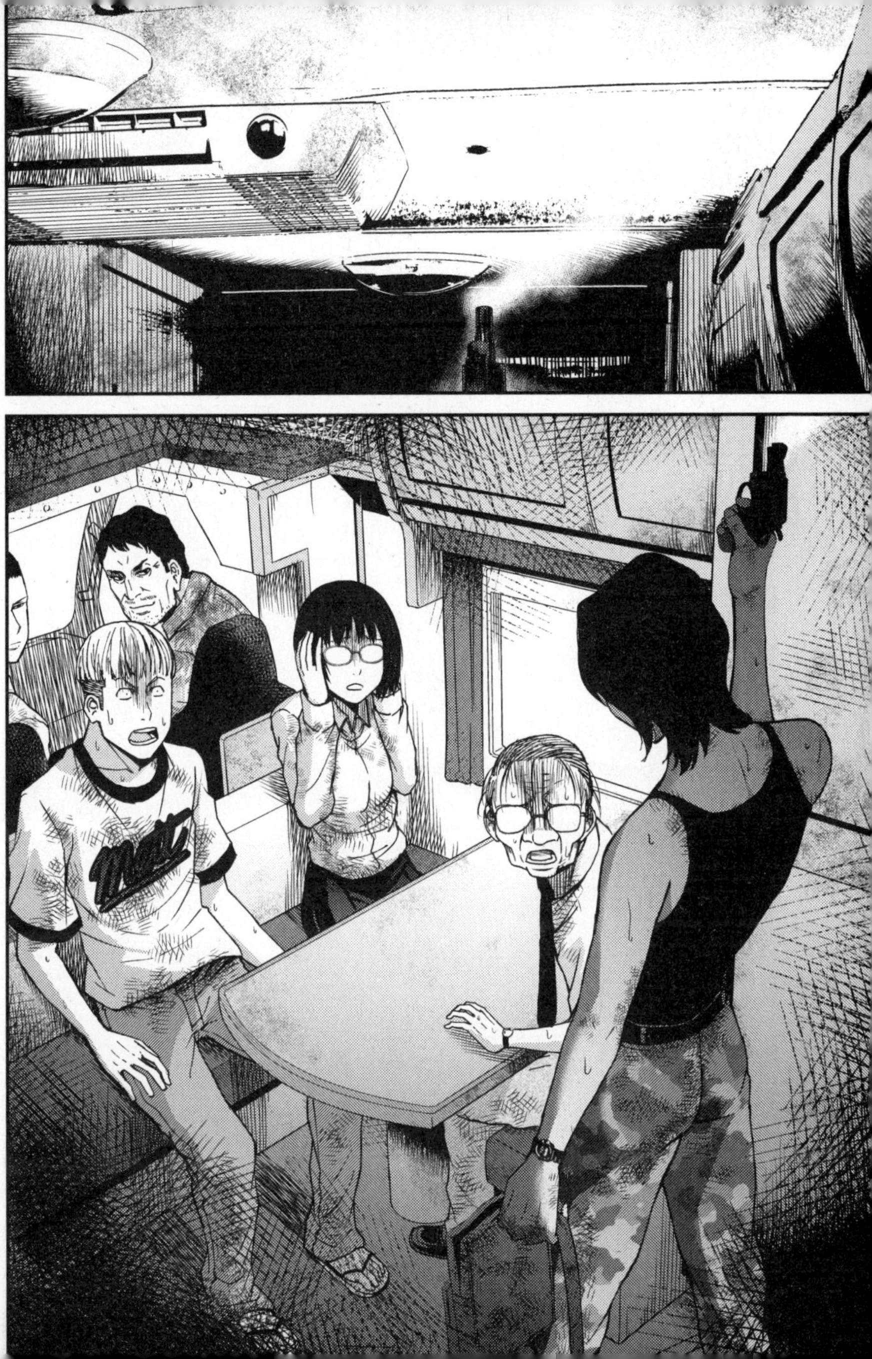

WAAAAA
AMM

Sag mal...
... alter Mann...
Ich habe keine Ahnung, was du dir da angeschaut hast...
... aber du fummelst oft an deinem Handy rum, nicht wahr?

Wer...
... war das?
Kannst du dich bitte melden...
... damit ich dich umbringen kann?!

Heißt das etwa...
... dass der Wagen...
... jetzt nicht mehr fahren kann?!
Bis Tokyo sind es noch 400 Kilometer...
Das Trinkwasser ist uns ausgegangen und wir sind mitten in einem Dschungel.
Leider ist die gemütliche Reise mit dem Wohnmobil...
... jetzt wohl vorbei.
Ich weiß nicht, wer das gemacht hat...
... aber diesen Fehler...
... kann man nicht so leicht wiedergutmachen...

Die Batterie des Wohnmobils...
... ist hinüber.
Was?!
Vielleicht wollte jemand etwas aufladen...
... und hat nachts den Schlüssel gedreht...
... und den Motor angelassen.

Wir haben keine Wahl...
Wir müssen mit dem Restbenzin...
... so nahe wie möglich an einen Fluss...
KLACK
KLACK
Das wird...
... wohl nichts werden...
Häh?

H...
Huch?
BWUTSCH
Huch
...
Huch?
E...Echt jetzt?
Es ist hoffentlich nicht das, was ich denke...
Das Wasser ...
... ist uns ausgegangen...
Mist!
Weil ihr nicht haushalten könnt und es nur so in euch reingeschüttet habt!

KNALL
RRRING
RING
RING
Der vierte Tag, Präfektur Aichi bei Inazawa
ZWISCHER
ZWISCH
ZWISCH

Hah.
Hah!
KLACKER
KLACKER
Hah.
Hah!
Hah!
Hah!

PAMMS
Hah!
Hah!
Hah!
Hah!
RASCHEL
RASCHEL
KLACK
Kein Signal
PAMMS

RRRING
RRRING
ZIIIRP
ZIIIRP
QUIETSCH
KNALL

Hah!
Bus
Haltestelle
Hah!
Hah!
Hah!
1%
SCHUBBER
SCHUBBER
Hah!
Hah!
SCHUBBER
SCHUBBER
1%
BTSCH

...
Dann hat sie also auch mit dir...
Ach...
Spielt doch keine Rolle, oder?
Wir haben doch keine besondere Beziehung, nicht wahr?
Das stimmt wohl.
ギリッ
KNIRTSCH

Du scheinst ...
... dir wirklich viele Gedanken um deine Schwester zu machen.
Tut mir leid, dass ich euch vergleiche...
... aber ehrlich gesagt...
... war sie dabei...
... sehr viel heftiger drauf als du!
ZUCK

Das mag...
... schon sein...
Du scheinst dich gut mit meiner Schwester zu verstehen...
Über was...
... habt ihr denn geredet?

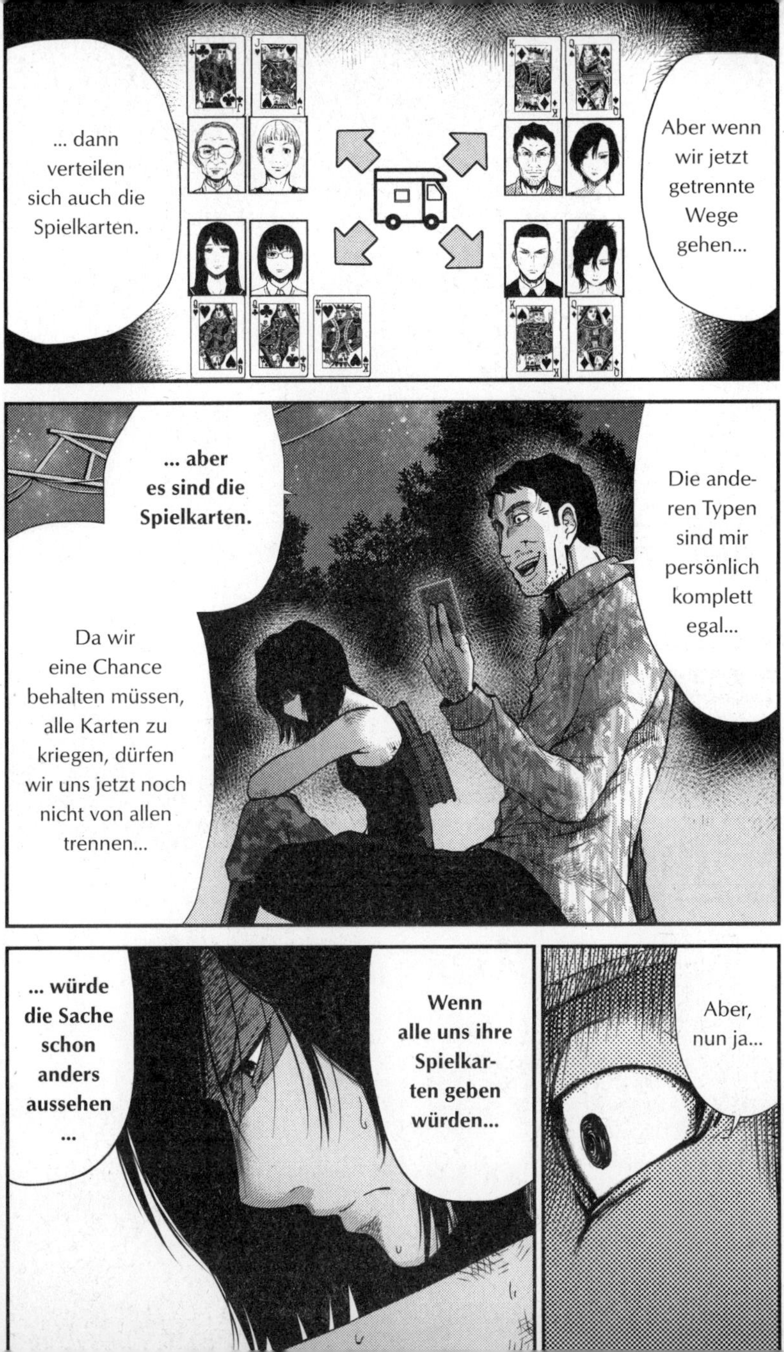
Aber wenn wir jetzt getrennte Wege gehen...
... dann verteilen sich auch die Spielkarten.
Die anderen Typen sind mir persönlich komplett egal...
... aber es sind die Spielkarten.
Da wir eine Chance behalten müssen, alle Karten zu kriegen, dürfen wir uns jetzt noch nicht von allen trennen...
Aber, nun ja...
Wenn alle uns ihre Spielkarten geben würden...
... würde die Sache schon anders aussehen ...

Die Spielkarten.
Ich kann irgendwie...
... immer noch nicht ignorieren, dass sie eine wichtige Bedeutung haben.

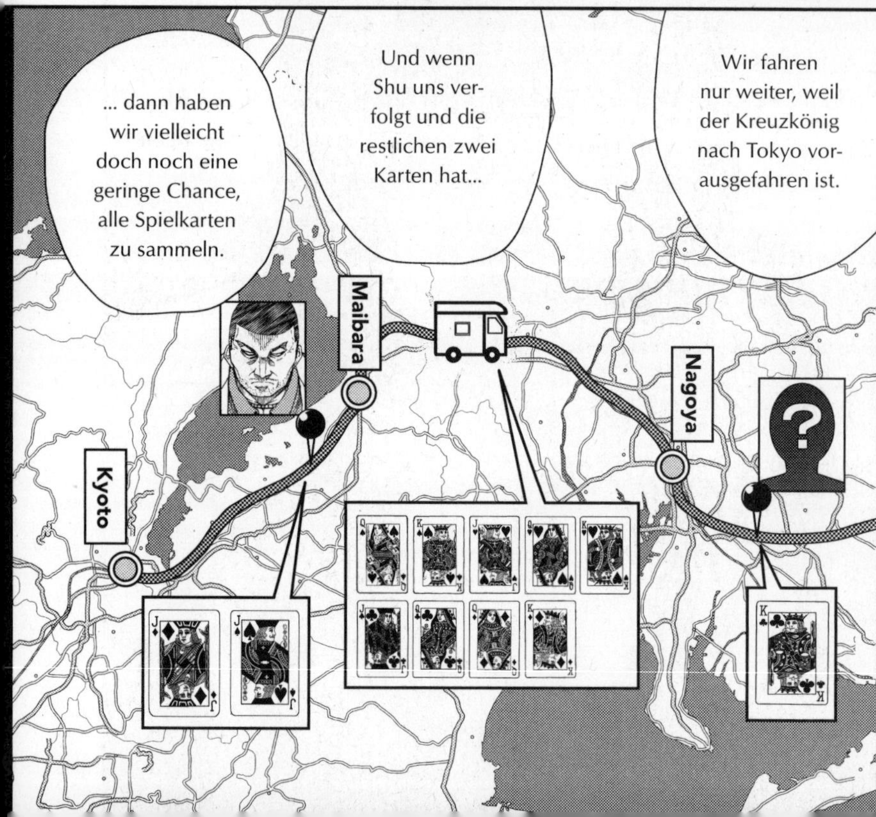
Wir fahren nur weiter, weil der Kreuzkönig nach Tokyo vorausgefahren ist.
Und wenn Shu uns verfolgt und die restlichen zwei Karten hat...
... dann haben wir vielleicht doch noch eine geringe Chance, alle Spielkarten zu sammeln.
Nagoya
Maibara
Kyoto

Gibt es einen Grund, warum ich weiter mit diesem Abschaum unterwegs sein muss?
Das Benzin ist schon fast aufgebraucht.
So langsam... ist es doch egal, oder?
Wir sollten uns endlich dieser nutzlosen Typen entledigen.
Wir können doch auch alleine weitergehen.
Es tut mir leid, aber ich kann dir...
... da leider nicht zustimmen...
Wieso denn nicht?!

Hey!
RRRING RRRING
ZIIIRR ZIIIRR
Ich habe ziemlich Druck.
Würdest du mir vielleicht noch mal helfen?
Im Moment ...
... habe ich da keinen Bock drauf ...
Ehrlich gesagt...
... gerate ich langsam an meine Grenzen.

Das heißt also...
... dass sie es jetzt satt sind, die gleiche Luft atmen zu müssen...

Es ist zwar Nacht...
... aber immer noch genauso brütend heiß...
Ich schlafe draußen.
Ich auch...
Ich kann in diesem heißen Wohnmobil eh nicht ein-schlafen...
Wir auch.
Komm ...

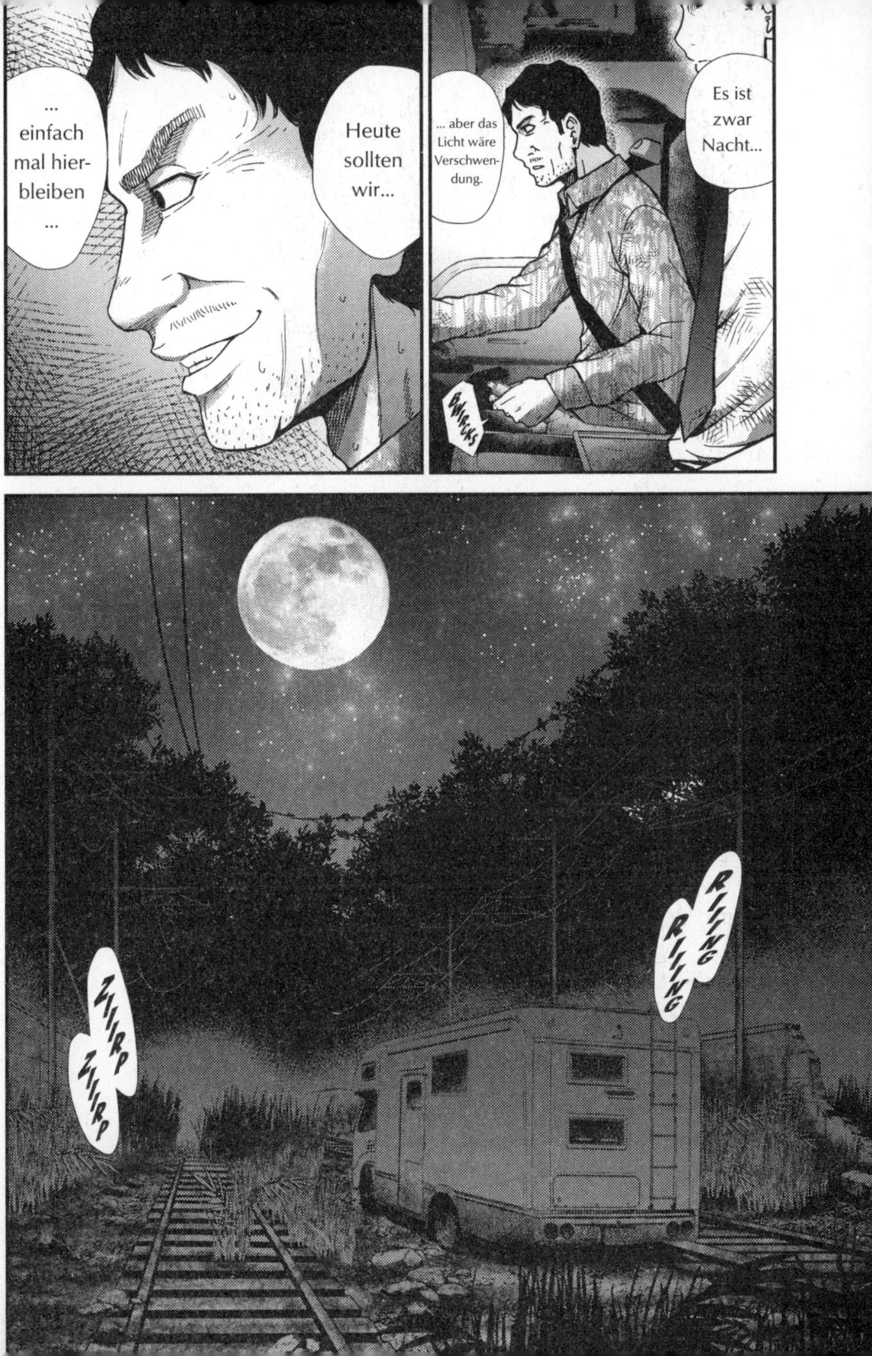
Es ist zwar Nacht...
... aber das Licht wäre Verschwendung.
BWIRCKS
Heute sollten wir...
... einfach mal hierbleiben ...
RIIING
RIIING
ZIIIRP
ZIIIRP

KAPITEL 6: GIFU-HASHIMA - TEIL 2

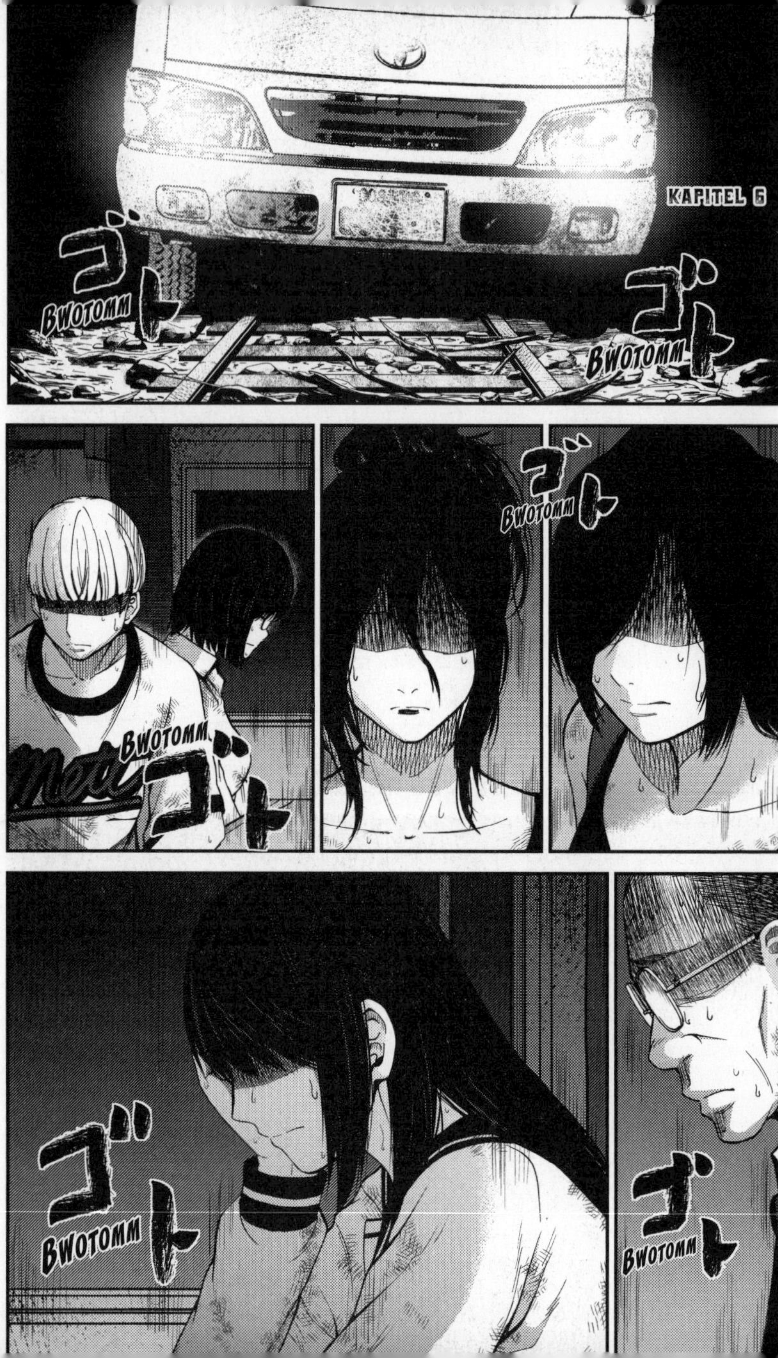
KAPITEL 6
ゴト
BWOTOMM
ゴト
BWOTOMM
ゴト
BWOTOMM
ゴト
BWOTOMM
ゴト
BWOTOMM
ゴト
BWOTOMM

PLING
PLIIING
Sehr gut...
Ich erinnere mich.
PLIIING
Wenn ich Gott wäre...
... was würde ich uns dann machen lassen?
»Game ...
... Start«!

Unsere Gruppe driftet immer weiter auseinander...
Hah!
Hah!
SCHUBBER
SCHUBBER
SCHUBBER

Urgh.
Buhu.
Buhu.
Hicks.
Buhu.
Sowie-so...
... sind wir nichts weiter als »vorläufige« Kamera-den...
Es geht nicht...
... länger ...

ZWARP
ZWARP
ZWARP
ZWARP
ZWARP

Ari...
Arisu ...
BAMMS
Komm mit!
Nein...
Das... war...
... nicht, wonach es aus-sah...

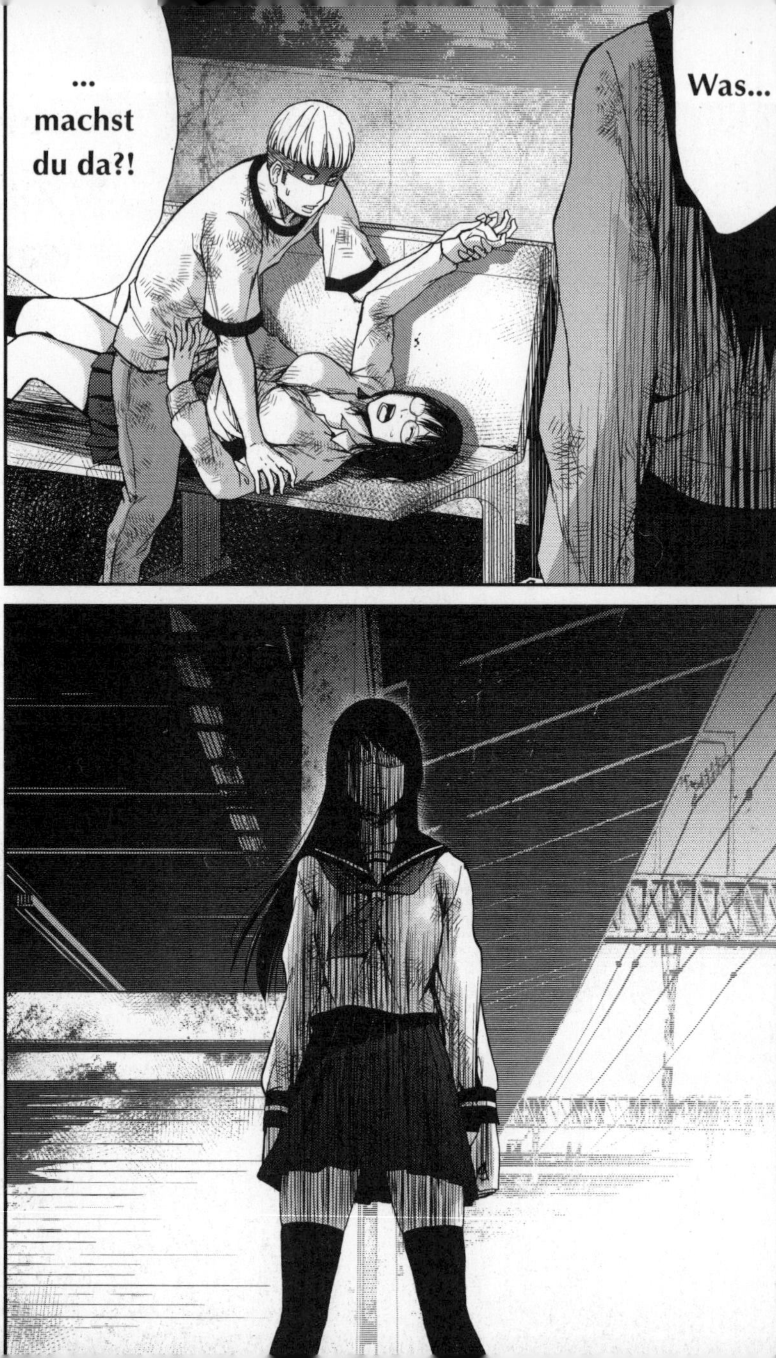
Was...
... machst du da?!

... ein einziges Mal!
Du verstehst das doch!

Das verstehst du doch, oder?!
PACK
K...Kunimatsu?
Moment mal...
Du machst mir Angst...
Weil du hier bist...
... habe ich endlich einen Grund gefunden...
... in dieser Welt überleben zu wollen!
Ich bitte dich!
Ja?!
Ich flehe dich an!
N... Nein ...
Lass mich los...
Sofort loslassen!
Also...
... zumindest...

...
Bin ich...
... denn der Falsche?
Ich würde gut zu dir sein...
Ich würde ...
... dich auch beschützen...
Kunimatsu...
Ich habe genug davon...
Von dieser Welt...
... und davon, mit diesen komischen Typen in einem Wohnmobil eingeschlossen zu sein.
Darf ich mir nicht auch eine Stütze suchen?!
Bin ich der Einzige...
... der nett zu anderen ist?!
Ich bin besonders!

Häh?
A... Arisu?
Ah...
Nein... Ähm...
BAMMS
Ha-ha...
Wie peinlich...
Ich dachte eigentlich... dass du mich auch mögen würdest...

Ja...
Auch ich bin glücklich...
... dass es hier jemanden gibt, der mich aufmuntern kann.
Stimmt!
Dann denkst du das also auch!
Deswegen...
... geh bitte mit mi...
Ich bin Arisu wirklich von Herzen dankbar dafür.

ZWARP
ZWARP
ZWARP
ZWARP
...
Hör... mal...
Ja?
Bevor wir uns versahen, steckten wir plötzlich in dieser komplett verrückten Welt.
Es sind nur schlimme Dinge passiert, oder?
Ja...
Und in so einer Situation...
... braucht man doch andere, um sich gegenseitig aufzumuntern und zu unterstützen.
Dafür muss man doch dankbar sein, oder?
BOMMS
BOMMS

...
Wie?
Es war eigentlich nur Zufall.
Aber das kann ich Kunimatsu jetzt schlecht sagen.
Eigentlich muntert er mich immer auf...
... aber jetzt muss ich das für ihn machen.
Ähm ...
Ja!
Haha...
Ach so...
Also doch ...
Ich verstehe ...
DRÜCK

Aber in deiner Fresse...
... ist überhaupt nichts.
Kina...
Kann es sein...
... dass du...
... nach mir gesucht hast?

Kunimatsu...
!
Kina...
Was machst du denn hier?
ZWARP
ZWARP
ZWARP
ZWARP
ZWARP
Nun ja... Ich sammle gerade...
... etwas Kraft...
Die Arbeit ist echt anstrengend, alle sind schlecht drauf und die Stimmung ist mies.
In so einer Lage...
... muss ich erst mal Kraft tanken...
... um weiterzumachen.

岐阜羽島
ぎふはしま
Gifu-Hashima
まいばら
Maibara
なごや
Nagoya
ZWARP
ZWARP
ZWARP
ZWARP
ZWARP
ZWARP
Gifu...
... Hashi-ma?
ZWARP
Ist es bis Nagoya ...
... etwa noch weit?

Verpiss dich.
Das ...
... konnte ich noch nie an dir leiden!
BSSO
WAAAAAAMM
BSSO
Dabei kannst du...
... alles so viel besser als ich!

Shit!
Das ist auch alle!!
WATSCHAMM!
Wo gibt es denn...
... noch Benzin?!
WAMM
WAMM
Reg dich ...
... nicht so sehr auf...
Wenn du dich so verhältst...
... was soll...
... ich denn dann machen?
W... Warum...
... bist du denn immer so?!
Dabei bist du doch eigentlich die Ältere von uns beiden, oder?!
Aber irgendwie muss ich mich jetzt ständig um dich kümmern!
ZUCK

HUST! HUST!
HÜSTEL
KNIPS
!
Alles in Ord-nung?
Äh...
J...
ZACK
Ja...
Zeitlupe Video Foto Quadratisch Panorama
BSSO
BSSO

Wir sollten uns aufteilen, damit alle, die noch Kraft haben...
... in der Nähe nach Benzin und Wasser suchen können...
Das ist eine gute Idee...
Ihr meckert allein deswegen schon.
Ihr seid ein erbärmliches Pack!
Hah.
Hah!
WUSCH

ZWIIIRP
ZWIRP
Haah.
ZWIRP
Hah!
Haah.
ZWIRP
ZIIIRP
ZWIIIRP
ZIIIRP
Hff.
Hff.
ÖÖÖR-GHS...
PLATSCHER
Was machen wir nun?
Fahren wir weiter?
Nein ...
Ich kann nicht sofort zurück in diese Sauna im Wohnmobil...
Wir sollten ...
... eine Pause machen, oder?
Stimmt ...
Es ist schon Nachmittag und sicher wird bald die Sonne untergehen...

Steh da nicht mit Händen in den Taschen rum!
Arbeite so, wie es dir gesagt wird!
Äh... J...J...
Ja!
Kein Einziger von euch...
... ist für irgendetwas zu gebrauchen!
Ich habe ...
... mich doch entschuldigt...
Menschen kann man ...
... im Gesicht ablesen, was sie...
... durchgemacht haben...
Aber in deiner Fresse...
... ist überhaupt nichts.
Willst du dieses Beziehungsgefüge so sehr beschützen?

ZIIIRP
ZIIIRP
ZWIIIRP
ZWIRP
ZWIRP
POLTER
POLTER
BOOOMM
Uwaaah!
Sorry!
Pass doch auf, du Arschloch!
Was soll das denn?
Halt die Sachen richtig fest!

Hey, alle mitei-nander!
Schon wieder ...
QUIIIETSCH
... muss ich um eure Mithilfe bitten...
Häääh?!
Was denn? Mist-dreck!
Ich kann nicht mehr!
ZWIRP
ZWIRP
ZWIRP
ZIIIRP
ZIIIRP

Bwotomm
Polter
Polter
Polter
Hey.
Was...
... starrst du perverser alter Sack so?!

Dann mach zumindest die Klimaanlage an.
Wenn das so weitergeht...
... sterbe ich noch an Hitzschlag!
Das Benzin...
... reicht nicht mehr lange...
POLTER
BWOTOMM
Und in dieser Lage...
... müssen wir Wasser und Benzin...
... so lange sparen, bis wir neues auftreiben können!
Tss...
Dann können wir also nichts machen? Scheiße!

Kannst du nicht irgendwie etwas ruhiger fahren?!
POLTER
Mir wird hier hinten ganz übel!
POLTER
Sag das den Schienen.
Aber der Weg wird wirklich immer schlechter...
Eigentlich sollte dies eine ländliche Gegend sein, oder?
Sag mal.
Kann ich vielleicht duschen?
Ich bin komplett durchgeschwitzt...
Das geht nicht.

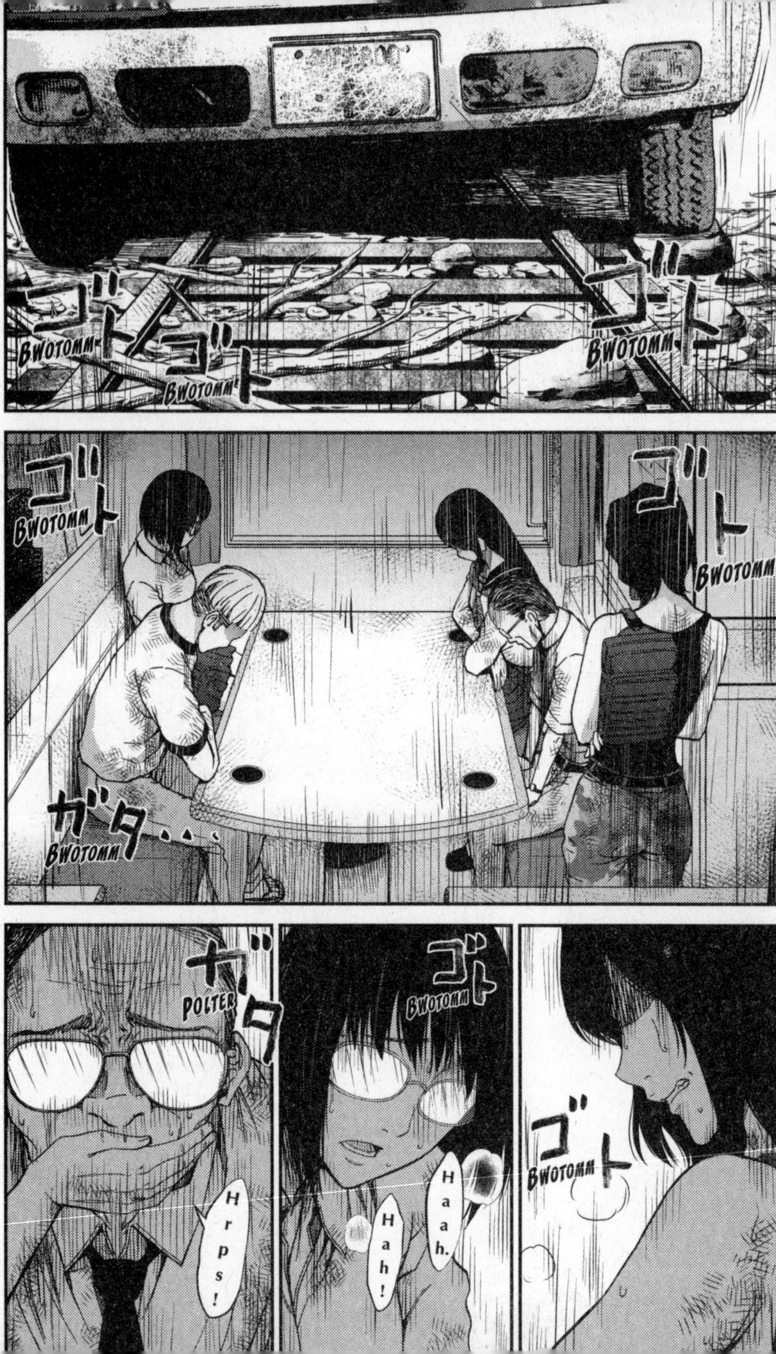
ゴト
BWOTOMM
ゴト
BWOTOMM
ゴト
BWOTOMM
ゴト
BWOTOMM
ゴト
BWOTOMM
ガタ...
BWOTOMM
ゴト
BWOTOMM
ゴト
BWOTOMM
Haah.
Hah!
ガタ
POLTER
Hrps!

Ich kann nicht mehr...
KEUCH
KEUUUCH
Ich kann meine Arme nicht mehr heben!
Ähm...
Bitte sehr...
Das...
... war sicherlich anstrengend...
D...
Danke ...

Wenn ich Gott wäre...
... was würde ich uns dann machen lassen?
BOOOMMS
Damit sollten wir...
... erst mal mit dem Wagen weiterkommen...
Hah.
Hah.

Eine designte Welt?
Ich freue mich, dass hier jemand ist, der meine Ansichten teilt...
Vorläufig...
... nehmen wir an, dass es eine Art Gott gibt, ja?
Wenn diese Welt einen göttlichen Schöpfer hat, dann muss sie sicherlich aus einem gewissen Grund erschaffen worden sein...
Aber was genau...
... sollen wir hier denn jetzt machen?
Nein.
Wir sollten anders darüber nachdenken.

Ganz offensichtlich hat jemand diese Welt ...
... nach seinen Vorstellungen designt.
Und hepp!
UWAAAAA
AAAAH
BWOTOMMS

In der Welt, in der wir ursprünglich waren...
... wurde alles ohne Ziel dem Zufall überlassen...
... und deswegen suchen die Menschen in dieser Sinnlosigkeit einen Sinn.
Sie klammern sich an Philosophie...
... und flüchten sich in Religion...
... aber die Welt, in der wir jetzt sind...
... scheint komplett anders zu sein...
ZWIIRP
ZWIIRP
KNIIRTSCH
KNIIRTSCH
Zwölf Auserwählten...
... wurden zwölf Spielkarten gegeben...

Können wir wirklich...
... einfach so weiter nach Tokyo fahren?
KNIIIRTSCH
KNAAARTSCH
Überschwemmte Städte ...
... und umgestürzte Bäume...
Irgendwie...
... scheint uns alles auf dieser Reise im Weg zu sein...
Fast so, als wäre dies alles designt...

Der Weg ...
... wird immer schlechter, oder?
Es ist hier ...
... fast wie im Dschungel...
Wer war das?
Wer hat gemeint, dass wir es heute vielleicht an Nagoya vorbeischaffen?
Wenn das so weitergeht, werden wir niemals vorankommen!
Sag mal...
... Arisu.

... zwei!
... drei!
Schon ... wieder ... kommen ... wir nicht weiter...
Wie oft...
... wird uns das wohl noch passieren?
Haah.
Hah!
BWOTOMMS

Selbst wenn es nur vorgespielte Freundschaft ist ...
... ist diese Gruppe jetzt ein wichtiger Rückzugsort für mich.
ZWIIIRP
ZWIRP
ZWURP
ZWURP
Eins und ...

Ich kann dir nicht alles erzählen, aber...
... ich bin zumindest nicht dein Feind.
Das musst du mir glauben.
Auch wenn...
... das sehr unglaubwürdig klingt.
Ich weiß, dass ich das Problem damit nur aufschiebe...
... aber im Moment werde ich es vor den anderen verheimlichen...
Willst du dieses Beziehungsgefüge so sehr schützen?
Sowieso...
... sind wir nichts weiter als »vorläufige« Kameraden...

Nein.
So ein Glück.
Puh
Ehrlich gesagt...
... habe ich mir nicht überlegt, was als Nächstes kommen würde...
Selbst wenn du sagen würdest, dass du die zwei getötet hast, würde sich das nicht echt anfühlen...
Wenn das also stimmen sollte...
... wüsste ich wirklich nicht, was ich dann machen sollte...
Warum denn...
... diese zwei?
Etwa für alle anderen?
Oder gab es noch einen anderen Grund?

Und wenn das so ist...
... wirst du es allen verraten?
Und wenn ich das ma-che...
... würdest du mich dann hier und jetzt töten?

Sicherlich... hast du dich bewusst von dort ferngehalten, nicht wahr?
Du wolltest dich dem Ort nicht einfach unvorsichtig näher kommen...
KLACKS
FFT

Ich bin ja wohl nicht der Einzige ...
... dem die Existenz der zwei ein Dorn im Auge war...
WUSCH
Es war nur ganz kurz...
... aber ich habe gezählt, wie oft sich alle dem Kartenversteck genähert haben.
Kunimatsu
Morio
Hayeong
Ayeong
Gamon
Kina
Du bist aber der Einzige...
... der nie in die Nähe kam.

Aber die Person...
... wollte nicht einfach, dass die beiden spurlos verschwinden.
Daher wurde Shus Leiche zwar versteckt...
... damit der Verdacht darauf gelenkt wird, dass er Michiyoshi ermordet hat.
Und dann ist die Person einfach, ohne eine Miene zu verziehen, in unseren Wagen gestiegen.
Sie muss also äußerst verschlagen sein.
Ich frage dich noch mal.
Warum wolltest du ganz plötzlich...
... doch mit uns zurück nach Tokyo?
Die Lage...
... hat sich geändert ...

Michiyoshi wehrte sich dagegen, nach Tokyo zu gehen. Er wollte auch seine Karte nicht abgeben.
Shu trug sicher eine Schusswaffe bei sich. Sicherlich hätte er in Zukunft Probleme gemacht...
Wenn es die zwei nicht gäbe...
... und wir ihre Karten hätten...
... dann würde die Chance bleiben, alle Karten zu sammeln...
... und wir könnten ohne Bedenken nach Tokyo fahren ...
Ich habe aber etwas gefunden.
Die Karten der beiden waren am Wagen versteckt.
Jemand hat die zwei getötet und ihnen die Karten abgenommen.
Jedoch wollte er sie nicht bei sich tragen und hat sie daher versteckt.

Der Mörder von Michiyoshi und Shu ...
... bist du, oder?
Das kam jetzt aus heiterem Himmel ...
Wovon redest du?
Die zwei standen...
... deinen Zielen sicher im Weg...

!
Ryuichi Kimari
Was ist das denn?
Echt jetzt?!
Gamon Kano
Hört alle her!
Sind wir schon da?
Tut mir leid, aber steigt alle aus.
...
Ryuichi.
Arisu Kojima

ZWIIIRP
ZWIRP
ZWIIIRP
ZWIIIRP
Das kann nicht sein, oder?!
Dann ist Walter ...
... eigentlich ein Krimineller?
Echt?!
Kunimatsu Mito
Einem Gerücht nach ...
... soll er ursprünglich ein Mörder auf der Flucht gewesen sein...
Kina Sano
Das ist unglaublich!
Hayeong Kim
Ayeong Kim
Ich hätte besser nach ihm suchen sollen.
Morio Kuki

7月
Mikihiro Tomii
...
Ich bin wieder da...

KAPITEL 5: GIFU-HASHIMA - TEIL 1

KAPITEL 5

宇治
うじ Uji
じぇいあーるおぐら
JR-Ogura
ZWIIIRP
ZWIRP
ZWIRP
ZWIIIRR
ZIIIRP
ZIIIRP
ZWIRP
ZWIRP
ZWIIIRR
Ich bin wieder da.
SCHEPPER
SCHEPPER

Der Mörder von Michiyoshi und Shu ...
... bist du, oder?
Gut! Zwanzig Minuten sind rum!
Wir fahren jetzt los!

Du hast eben so angestrengt irgendwelche Notizen gemacht.
Sicher hat es damit zu tun...
Du bist...
... wirklich sehr clever...
Wenn ich kann...
... würde ich dir gerne helfen.
...
... Ryuichi.

Es ist doch ...
... wie ich gedacht habe...
Du bist ganz sicher...
... ein guter Mensch.
Nur weil wir den gleichen Geschmack haben?
Kannst du Fremden etwa so einfach vertrauen?
Natürlich kann ich das nicht...
Jedoch möchte ich meiner Intuition vertrau-en...
Dir kann ich es...
... also vielleicht erzählen!

Power to the People!

Na, so was.
Dann ist es bei dir also genauso wie bei mir!
In Tokyo ...
... wartet jemand auf uns.
... Das spielt zwar keine Rolle...
... aber was Ähnlichkeiten angeht...
... habe ich während der Schulzeit auch oft...
... John Lennon gehört.
Und ...
... welches ist das beste seiner Lieder?

Einmal in der Woche...
... treffe ich meine Tochter. Und das wäre heute...
Bevor wir getrennt lebten, konnte ich wegen meiner Arbeit häufig nicht einmal in der Woche freimachen...
... aber wenn ich bedenke, wie sehr sie meinem Leben damals Halt gegeben hat...
... ist es fast schon ironisch...
Schon so spät ...
Die abgemachte Zeit ist längst verstrichen.
Ich habe wohl ...
... etwas zu viel geredet...

Ryuichi, wieso...
... möchtest du mit uns zurück nach Tokyo fahren?
Was ist heute ...
... für ein Wochentag?
Ähm.
Wenn die Zeit wie in unserer Welt verstreicht, dann wohl...
... Sonntag.

Ich habe...
... den Pik-König.
Puh ...
Ich lag richtig ...
Offensichtlich bist du ...
... nicht besonders geschickt darin, andere auszuhorchen...
Außer meiner Spielkarte ...
... willst du... noch irgendwas über mich wissen, oder?

* Gericht mit gebratener Papaya

Oder störe ich...
... einfach nur?
...
Nein.
Na gut!
Wollen wir uns dann noch einmal vorstellen?
Ich heiße...
... Arisu Kojima!
Ich wohne in Kameido.
Ich bin Einzelkind.
Ich bin im Softballklub.
Ach, das weißt du ja alles schon...

Ryuichi... Kimari...
... nicht wahr?
Du bist...
... Arisu... oder?
Dann... rauchst du also?
Was möchtest du von mir?
Nichts... Nur...
ZWIIIRP
ZWIRP
... haben wir noch überhaupt nicht miteinander geredet...
Ich weiß nicht, wie ich es sagen soll.
Aber wir sind jetzt auf einer Reise und sollten somit mehr übereinander wissen, oder?
ZIIIRP
ZIIIRP

ZIIIRP
ZIIIRP
ZWIIIRP
ZWIRP ZWIRP
ZWIIIRP
ZWIRP
ZWURP
ZWURP
Ähm!

Kein Signal
12:15 PM
5%
Google
Keine Verbindung zum Mobilnetzwerk.
O. K.
Brüste sexy unzensiert – Google-Suche
Google
Brüste sexy unzensiert
Fetisch Gruppe – Google Suche
Google
Kein Signal
Hah!
Hah...
...
Hnghs...
Buhu...
Urgh...

Hah!
Hah!
Hah!
Hah!
Hah!
KLACKER
KLACKER
Hah!
Hah!
12:15 PM
Busen Ausland – Google-Suche
Google
Busen Ausland
Alle
Bilder
Videos
News
Busen Ausland
Brüste – Google-Suche
Google
Bilder
unzensiert – Google-Suche
Google
Videos
News
Hah!

KNIIIRTSCH
AUAAAH!
Aufhören! Ich ergebe mich!!!
Wenn du noch mal so etwas ansprichst ...
... bringe ich dich um!
Hrmpf ...
Ich verstehe schon...
Okay ...
Autsch ...

Sorry, dass ich zuerst war.
Bitte sehr!
Das ist verwunderlich.
Deine Schwester hat im Gegensatz zu dir...
... echt große Möpse!
Echt geil.

Dürfte ich...
... dich denn vielleicht darum bitten?
...
Das ist echt krass...
Vielleicht habe ich ...
... echt Gefühle für sie...

Die Frauen können sich jetzt schnell im Wagen umziehen.
In zwanzig Minuten fahren wir los!
Dann gehe ich noch kurz pinkeln.
Ähm ...
I...I...
Ich auch ...
Wie?
Da... Dann...
... gehen wir zu zweit?
Wie?
Nun ja...
Ich wollte in der Nähe schnell mein Geschäft erledigen...
... aber, ähm...
... ein Mädchen alleine gehen zu lassen...
... wäre doch etwas gefährlich, oder?

Kunimatsu
Morio
Hayeong
Ayeong
Gamon
Kina
Aber die waren echt unfassbar eklig.
Sollten wir nicht langsam mal...
... weiterfahren?

eong
Gamon
Hayeong
Ayeong
Gamon
PAKLACKS
Bwa-haha-ha!!
HI!!!
HI
HI
Sie haben sich geöffnet!
Sie haben sich echt geöffnet!
BRUUUTZEL
Ist das echt so lustig?
Und?
Will jemand probieren?
Klar!
Ich nehme eine!

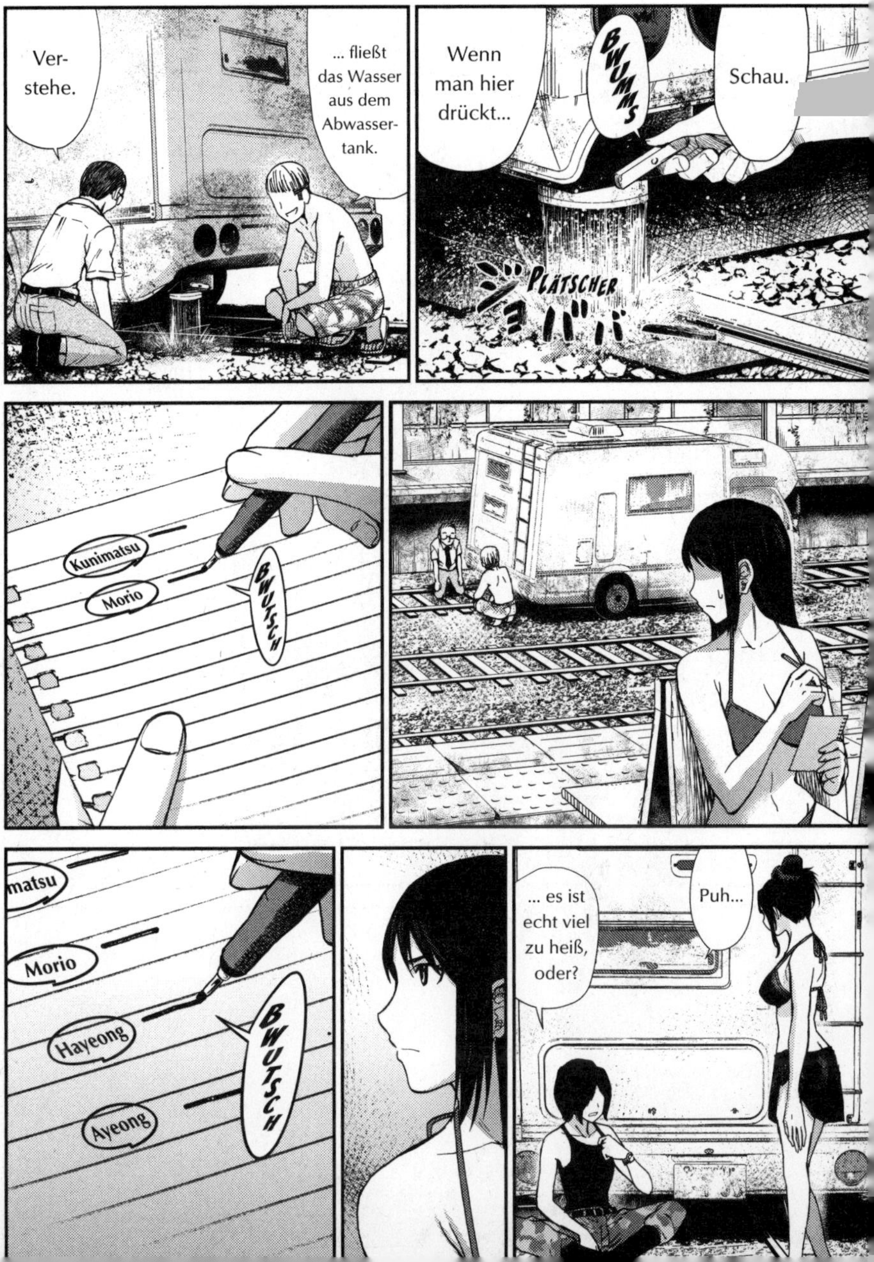
Schau.
BWUMMS
Wenn man hier drückt...
PLÄTSCHER
... fließt das Wasser aus dem Abwasser-tank.
Ver-stehe.
Kunimatsu
Morio
BWUTSCH
Puh...
... es ist echt viel zu heiß, oder?
matsu
Morio
Hayeong
Ayeong
BWUTSCH

Aber dann...
Das Grillset!
Juhuuuuu!
Habe ich es nicht gesagt?
Es gibt ja doch einen Nutzen dafür!
... gibt es für mich...
... nur eine Sache zu tun.
BATSCH
Tss!
Ich muss ganz alleine ...
... herausfinden, wer der Täter ist!

Soll ich ihnen die Wahrheit verraten?
Doch dadurch würden die zwei sicherlich sehr verunsichert werden.
Ich möchte ...
... aber diese Last einfach mit jemandem teilen können.
Jetzt kann ich...
... es ihnen noch nicht erzählen...
DRÜCK
Ich will das Lächeln ...
... meiner Freunde nicht zerstören...
Wahaha!
Wieso denn so viele Muscheln?
Das ist ja krass!
Kann man die ...
... essen?

Ach, schon gut. Das passt!
Ich werde sie alle in einem Rutsch tragen!
Kunimatsu...
Du bist ja nicht nur gut drauf...
... sondern auch sehr nett...
TSCHACK
TSCHACK
Vielen Dank...
... dass du alle immer aufmunterst...
Wie?
Nicht doch ...
Haha!
Die beiden ...
... wissen nicht, dass ein Mörder unter uns ist...
... und noch nicht mal, dass Michiyoshi ermordet wurde...

Die zwei wissen davon, dass Michiyo-shi ermordet wurde...
Sowieso waren es auch die beiden, die Shu als Täter verdächtigt haben.
Wenn jeder der Täter sein kann, kann ich sie nicht mehr als Kameraden sehen...
Was ist mit Kina und Kunimatsu?
Sie wür-den sicher nieman-den töten.
Zumin-dest die zwei nicht...
BOTSCHAMMS
Ah...
Es ist kaputtge-gangen...
Tja, hier ist...
... nun mal alles brüchig gewor-den!

Soll ich vor allen...
... einfach die ganze Wahrheit erzählen?
Wenn ich das einfach gedankenlos machen würde...
... weiß ich nicht, was der Täter machen würde, wenn er in die Enge gedrängt wird.
Und es könnte Verdacht aufkommen...
... der die Gruppe zerstören könnte...

Dann kann ich also davon ausgehen...
... dass Ryuichis Karte der Pikkönig ist... oder?
Aber dann ...
Huch?!
BOMM
Gehört der Pikbube...
BOMM
BOMM
... etwa Shu?!
Aber warum ist dort Shus Karte?
Wurde er etwa auch ermordet?!
Ist ein Killer unter uns...
... der längst Michiyoshi und Shu umgebracht hat?
Aber ...
... wo ist dann Shus Leiche?
Es geht nicht.
Ich kann nicht denken.
Alleine kann ich...
... überhaupt nichts ausrichten...

Vom Muster her haben die Frauen eine Dame als Karte.
Die Karodame hat ganz sicher Ayeong.
Dann ist der Pikbube...
... bei Ryuichi?
Aber würde man so einfach seine eigene Karte verstecken?
Zeig mal deine Karte.
Ä... Ähm...
Es wäre verdächtigt, falls man sie nicht hat, wenn man sie plötzlich braucht.
Und wenn jemand wie ich es entdecken würde...
... dann könnte dieser jemand sagen, wer der Täter ist...

Ich habe die Karten wieder zurückgesteckt.
Angenommen... der Mörder von Michiyoshi ist mit uns auf dieser Fahrt...
... dann wissen von diesen Spielkarten...
... im Moment nur ich und der Täter...
Sowieso...
... hatte der ermordete Michiyoshi den Karobuben...
Aber was ist mit der anderen Karte?
Gehört sie dem Täter?
Ich muss mich erinnern!
Die Karten ...
... der anderen waren doch...

PLATSCH
SPLATSCH

Ich brauche es nicht zu sagen, aber wie die anderen ihre Leben geführt haben...
... kann ich ihnen größtenteils am Gesicht ansehen...
Dann muss es dich...
... auch ein wenig interessieren, oder?
Von den Personen, die sich in diese Welt verirrt haben...
... sind viel zu viele nicht gerade rechtschaffen...
K
Wieso...
... sind wir hier?
Es gibt zwölf Bildkarten...
... und zwölf Personen.
Diese Aufstellung...
... hat doch sicherlich irgendeinen Sinn, oder?

Schaust du einfach in fremde Taschen?
Das gefällt mir gar nicht.
Die ist eine Absicherung.
TSCHACK
Ich habe gestern ein Polizeirevier in Kyoto durchsucht.
Natürlich...
... nachdem Michiyoshi ermordet wurde.
Mach dir keine Sorgen...
Nur weil du eine Waffe hast, halte ich dich nicht sofort für eine Killerin.
Ich bin doch kein Monster.
Ich bin so wie du.
Ich lebte in einer Welt, die wenig mit dem normalen Menschenverstand zu tun hatte.

... bringe ich dich um, wenn du...
... nächstes Mal wieder in mir abspritzt.
Hayeong Kim
...
Sag mal...
Du trägst deine Tasche immer mit dir herum, als wäre sie wichtig.
Als hättest du...
... da eine Knarre drin...

Du bist meine Rettung.
Als wäre es Sport...
Du hast dich gut um mich gekümmert.
In dieser Situation...
... hat sich nun mal nicht nur bei mir Stress angestaut.
Gamon Kano
Jepp.
Aber ...
... trotz allem...

Hah!
Hah!
QUIETSCH
QUIETSCH
QUIETSCH
QUIETSCH
Hah!
Hah!

Saitama
Tokyo
Ryuichi Kimari
Hotel Maibara
Hah!
QUIETSCH
QUIETSCH
Hah!

Ist das...
... nicht die Spielkarte, die der ermordete Michiyoshi hatte?!
Dann ist der Mörder irgendjemand, der gerade...
... im Auto schläft ?!
Arisu!
Was ist denn?
Ähm ...
Nichts ...
SPLATSCH
Ich schwimme...
... noch ein wenig zur Bucht!
Pass gut auf dich auf!
Vor allem vor großen Alligatoren!

... wirklich ein...
... reizender Anblick ...
Du sprichst wohl alles aus, was du denkst...
Oh...
BWOTSCHACKS
Wir haben wohl ...
... ein wenig zu viele gefangen.
Was ist das denn?
Da steckt ...
... irgendetwas.

Hah!
Hah!
Morio Kuki
Ist das eine Körbchenmuschel?
Kann man die vielleicht essen?
In der Nachtsendung hat Herr Hayashi mal so eine gekocht.
Hach.
Aber das ist...

Bwahahahaha!
Schaut doch mal!
SPLATSCH
Ich habe gerade...
... eine riesige Muschel gefunden!
Kunimatsu Mito
Ahaha!
Woah! Die ist wirklich riesig!
Sie lag einfach dort...
... mitten im Sand herum!
Was ist denn beim Biwa-See los?!
Ahaha!

Durch den Sportclub...
kann meine Haut einiges ab!
Arisu Kojima
RAUUU
SCH
Ayeong Kim

Juhuu-uu!!!
SPLATSCH!
Oh, kaputt!
PFTSSCH
Das Plastik ist wohl brüchig geworden!
Ich hätte...
... Sonnencreme mitnehmen sollen.
Ich kriege noch Sonnenbrand.
Kina Sano
Mich stört das nicht.

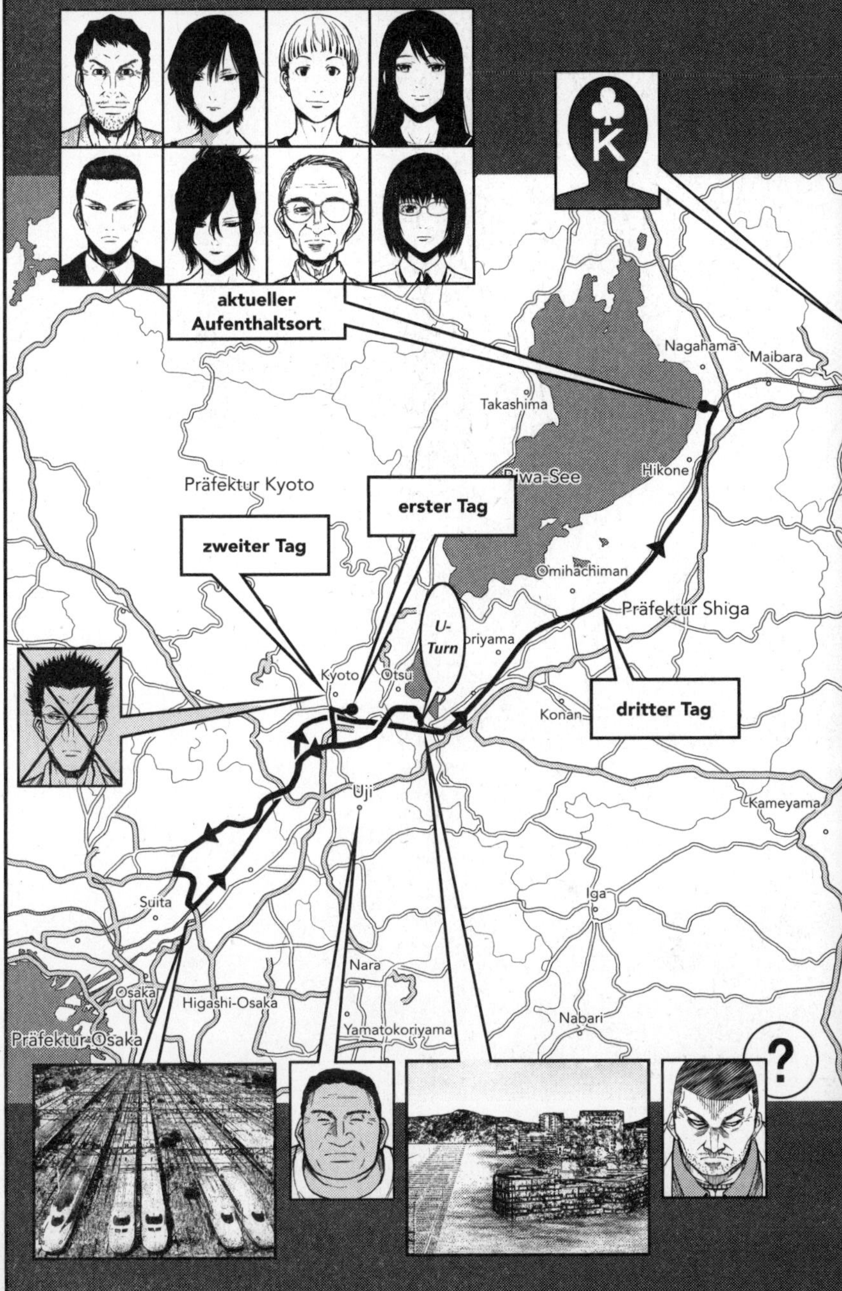

K
aktueller Aufenthaltsort
Nagahama
Maibara
Takashima
Präfektur Kyoto
Biwa-See
Hikone
erster Tag
zweiter Tag
Omihachiman
Präfektur Shiga
U-Turn
Koriyama
Kyoto
Otsu
Konan
dritter Tag
Uji
Kameyama
Suita
Iga
Nara
Osaka
Higashi-Osaka
Nabari
Yamatokoriyama
Präfektur Osaka
?

KAPITEL 4: MAIBARA

Willkommen am …
… Strand!

米原
まいばら
Maibara
きょうと
Kyoto
ぎふはしま
Gifyhashima
ZIIIRP
ZIIIRP
ZIIIRP
ZWIIIRP
ZWIRP
ZWIRP
ZWIRP
ZWIRP
ZWIIRR
Badeanzüge zum Verkauf
Bwa-
ha-
ha!
SPLATSCH

ALICE
ON BORDER ROAD

To be continued

Wenn hier die Spielkarte von Michiyoshi ist...
... dann heißt das...
... dass der Mörder nicht Shu ist...
... sondern irgendjemand, der gerade...
... im Auto schläft?!

Warum ...
... stecken die da?
Hat jemand sie dort etwa...
... absichtlich versteckt?!
Huch?!
Ist das...
... nicht ...
... die Spielkarte ...
... die der ermordete Michiyoshi hatte ?!
Jetzt mal... langsam ...
Was passiert hier gerade?!
Ganz ruhig...
Ich muss mich beruhigen und die Situation einordnen!

Was ist das denn?
Da steckt … … irgend-etwas.
KRATZ
KRATZ
BOMM
BOMM
BOMM
Spiel-karten?!

Wir sind alle zusammen...
Be-stimmt ...
... können wir alles meistern!
ZIIIRP
ZIIIRP
DRII
ING

...
Ein ekliger Albtraum ...
ZWIIRR
ZWIIRR
DRIIING
DRIING
DRRRING
Alles gut...
Es wird alles gut...

PENG
Huch ?!

ドド
BOMM
ドド
BOMM
ドド
BOMM
ドド
BOMM
TSCHACK
ドド
BOMM

NICK
NICK
KNIRTSCH
ジャリ…
WAT
SCHACK

... war es doch nichts als eine Vermutung von uns, dass Michiyoshi ...
... von Shu erschossen wurde, oder?
...
Willst du...
... damit irgendwas sagen?
GLUCK
Überhaupt nichts.
Vergiss es einfach...
ZIIRP
ZIIRP
DRIIING

Dann bist du...
... also doch wach?
Wenn Shu es auf uns abgesehen hat...
... ist es nachts am gefährlichsten!
ZIIIRP ZIIIRP
DRIIING
Gibt es Anzeichen, dass er uns verfolgt?
Keine Ahnung.
Ich bin mir da nicht so sicher...
Sowieso...

SCHNARCH
RATZ

... ist viel-
leicht doch
gar nicht so
übel.
Nein,
das ist ein
seltsamer
Gedanke.
Ha-
ha...
Nun
ja...
Auf
jeden
Fall...
... kommen
wir acht...
... ja
überraschend
gut miteinan-
der aus, oder?

Wow!
Beeindru-ckend!
Dass man so viele Sterne am Himmel sehen kann...
Das ist ja wie früher in den Sommerferien...
Diese Welt...

Das erinnert mich plötzlich auch an meine Arbeit...
Aber was habt ihr denn überhaupt für Jobs gehabt?
Ich bin übrigens Student.
Nun ja.
Ihr müsst darauf nicht antworten.
Aber es ist echt seltsam ...
Eigentlich müsste ich jetzt gerade Tag und Nacht für die Tests büffeln und so...
!
Krass! Schaut doch mal!

* spiced ham = gewürzter Schinken

DRIIING
ZIIIRP
ZIIIRP
DRIIING
DRIIING
Aber irgend-wie...
... ist das komisch.
ZIIIRP
ZIIIRP
DRIIING
Es riecht so sehr nach Frauen.
Ich weiß nicht, ob ich mich da wirklich zu-rückhalten kann!
...
Geiler Bock ...
Das war jetzt...
... wirklich zu ehrlich ...
ZIIIRP
ZIIIRP

Zumindest die Unter-wäsche...
... sollten wir aber wechseln, oder?
!
Mo-ment mal!
Was treibst du denn da?!
Ich ziehe mich um!.
Eigentlich nimmt man doch Rücksicht und schaut weg, oder?
Sollen wir die Männer einfach mal rausschi-cken?
Eine gute Idee.

Zum Glück habe ich Reißzwecken mitgenommen.
Ich habe doch gesagt, dass wir die brauchen!
Huch? Wie?
Kina, was machst du denn da?!
Was wohl? Ich mache natürlich einen Sichtschutz.
Ach, brauchen wir das?
Komm bitte...
... auf gar keinen Fall hier rein!
Nachts ist es im Wagen sehr heiß, oder?
Der Schweißgeruch wird übel!

Es ist doch ganz klar, dass die Frauen oben und im Hochbett schlafen, oder?
Hach ...
Wenn das so ist, werden Ayeong und ich ...
... einfach das Hochbett dahinten nehmen.
Dann schlafen wir ...
... oben im Bett.
Mir reicht der Fahrersitz.
Ich bin auch mit dem Beifahrersitz zufrieden.
Nun gut, Kunimatsu.
Wir teilen uns einen Schlafplatz, oder?

Oben können zwei schlafen, hinten im Hochbett zwei weitere. Wenn wir den Tisch flach machen, können da auch zwei schlafen.
Tja, und die restlichen zwei müssen sich wohl mit den Sitzen zufrieden geben!
Und wie wollen wir...
... die Plätze entschei-den?!
Wollen wir es ganz fair machen und das Los entschei-den lassen?!
Das machen wir ganz sicher nicht.
Wir waren doch bis ges-tern komplett Fremde.
Ganz genau!
Ja, stimmt!

Wir sind anscheinend problemlos dem Überschwemmungsgebiet entkommen.
Das war echt aufregend...
Die nächste Haltestelle...
... ist Maibara, oder?
Ich wollte eigentlich bis dort kommen ...
... aber die Sonne ist untergegangen und die Sicht ist schlecht.
Wir sollten es für heute sein lassen.
Es ist auch schon spät...
ZIIRP ZIIRP
DRRRRING
Dann ist es jetzt so weit!
Die erste Nacht in unserem Wohnmobil!
Wir sind vier Männer und vier Frauen.
Wie sollen wir hier schlafen?

ザバーッ
SPLAAATSCH

Schaut doch!
Das ist die Autobahn, auf der wir vorhin waren!
Meine Güte.
Sind wir erst hier?
Aber ab jetzt...
... geht die Fahrt erst richtig los...
SPLATSCH
SPLATSCH

Ist das etwa der Klimawandel?
Hat sich das Klima auf der ganzen Welt verändert?
Kyoto liegt zwar in einem Tal...
... aber tagsüber ist es hier so heiß wie in der Hölle.
Vielleicht ist die Stadt...
... auch daher im Biwa-See versunken?
Sicherlich gibt es viele Überschwemmungen.
Kommen wir da überhaupt durch?
Das wird schon ...
... irgendwie klappen.
Ein wenig unsicher ...
... kommt mir das Ganze jetzt plötzlich doch vor...
Vielleicht ist dies ...
... nicht mehr das Japan, das wir alle kannten...

SPLATSCH
SPLATSCH
RAU
U
UUU
SCH
Das gießt ja...
... in Strö-
men.
RAUUUUU
U
Ein richtiger ...
... Platz-
regen...
S
CH

Wir sind in Kyoto!
京都
きょうと
Kyōto
しんおおさか
Shin-Ōsaka
まいばら
Maibara
Nun ja.
Eigentlich sind wir nur zurück...
Das Wohnmobil hat eine Toilette, aber wir sollten möglichst Wasser sparen.
Wer muss, sollte hier gehen.
Ja.
Wir haben ganz schön viel Zeit verschwendet...
... und sollten daher schnell wieder aufbrechen!
Klar doch.

Wow!
Wir sind auf den Schienen!
Wir fahren wirklich auf den Gleisen!
Sicherlich hat das außer uns noch niemand gemacht, oder?!
Es kommt mir vor, als wäre hier alles möglich!
Jetzt müssen wir nur hoffen, dass diese Strecke nicht zwischendurch zerstört ist.

Wenn wir einen davon in Betrieb setzen könnten...
... wären wir im Handumdrehen in Tokyo!
Wie gedacht gibt es dort eine Rampe zu den Gleisen.
Ob das wohl gut geht?
Du hast uns erneut gerettet...
Danke, Mikihiro ...

Wow...
Das ist echt...
... krass!
Das Torikai-Bahndepot ...
Ein Lager für Shinkansen...
Der Traum...
... eines jeden Eisenbahn-Nerds...

32

... ein letzter Hoffnungs-schimmer, den Mikihi-ro...
... uns hinter-lassen hat!
Wir stecken hier ja eh fest.
Und selbst wenn es sinnlos ist...
... sollten wir ein-fach mal hinfah-ren!
Stimmt!
BRÖÖÖMM
Settsu-Kita
settu-kita
出口
EXIT
名神
Meishin
大阪
Osaka

In der Tat...
... könnte man dort...
... vielleicht...
... auf den Gleise fahren, oder?
Aber wir müssten nach Osaka umkehren, oder?
Das würde uns viel Zeit und Benzin kosten.
Und der Weg dorthin ...
... könnte genauso wie dieser zerstört sein.
Und dennoch ...
... sollten wir hinfahren...
Schließlich ist das...

In Osaka.
Settsu...
Wie?
Settsu in Osaka...
Mikihiro meinte, wir sollen dorthin...
Vielleicht hatte er vorhergesehen, dass dies passieren würde!
Eventuell gibt es in Settsu Hilfe...
BLÄTTER
BLÄTTER
...
Haha!
Das ist es!

Das ist in der Tat...
... einer der kürzesten Wege zwischen Kyoto und Tokyo!
Aber... das sind doch Schienen, oder?
Zu Fuß kann ich mir das vorstellen...
... aber wie sollen wir da mit dem Auto fahren?
Beim Shinkansen gibt es auch keine Bahnübergänge.
Das könnte ein Problem werden...
Arisu ...
Sollte der Weg versperrt sein...
... kehr nach Settsu zurück.
Settsu?

Sind das etwa Schienen?
Das Wasser hat sie überspült, aber...
... mit einem Wagen...
... könnte man vielleicht rüber, oder?
Der Shinkansen ...
Das wäre ja auch möglich!
Mie
Osaka
Ise-Bucht
Shiga
Biwa-See
Kyoto

Dabei schien doch...
... jetzt alles gut zu laufen...
Was ist, wenn Shu...
... uns in der Zwischenzeit einholt?
Werden wir hier ...
... etwa alle...
Sag mal ... ... Arisu ...
Ähm ...
... siehst du das auch...?

ZWURP
ZWURP
ZWURP
ZWURP
ZWIIIRP
ZWIIIRP
ZWIRP
ZWIRP
ZWIIIRR

Erdbeben, Taifune oder geänderte Wetterbedingungen... haben vielleicht dazu geführt.
Wenn Menschen zehn Jahre nicht eingreifen, kann allerlei passieren ...
Und die menschliche Zivilisation...
... ist wohl sehr labil...
Der Grund ...
... spielt doch jetzt keine Rolle...
Was machen ...
... wir jetzt?

ZWIIIRP
ZWIRP
ZWIIIRR
ZWURP
ZWURP
ZIIIRP
ZIIIRP
Die Stadt...
... ist...
... über-
flutet.

Aber wenn wir so gut vorankommen...
... dann sind wir vielleicht schon heute Abend in Tokyo, oder?
QUIETSCH
Nein ...
Das wird sicher nichts werden...
Unmöglich...
Was ...
... ist das?!

Wunderschön...
Das haben wir allein Mikihiro zu verdanken.
Er ist echt ein Gott!
Er sieht viel eher wie ein Buddha aus, oder?

Das ist der Biwa-See!

* Manga-Reihe, bei der es um leckeres Essen geht

Dann düsen wir jetzt in einem Rutsch ...
... direkt nach Tokyo!
東名
Toumei
名古屋
Nagoya
名神
Meishin

Habt ihr auch nichts vergessen?
ZWIIRP ZWIRP ZWIRP
Benzin und Werkzeug!
Alles palett-ti!
ZWIIRP ZWIIRP
Die Batterien waren nichts.
Sie waren alle hinüber...
Für Licht müssen wir einfach ein Feuer machen.
Und Wasser?
Im Wassertank sind siebzig Liter.
Das sollte erst mal reichen.
Wollen wir dann mal los?
Was ist denn los?!
Ich bin irgendwie superaufgeregt!
Es ist gefährlich, sich so reinzusteigern...
Du bist sicher jemand, der als Erster weint!

Jawoll!
Arisu Kojima

B5
Schuhe
Handschuhe
B5
Arbeitskleidung
Werkzeug
Was genau braucht man denn...
... um auf alles vorbereitet zu sein?
...
Die ...
... sind cool ...
BWUTSCH
Sicherheitsstiefel 10.800 Yen

Hältst du Wache?
Du bist aber wachsam!
Glaubst du etwa...
... dass Shu uns schon verfolgt?
Ich weiß nicht genau...
Aber die zwei Karten, die er hat...
... werden vielleicht irgendwann von uns benötigt...
Es wäre aber gefährlich, uns Shu zu nähern.
Als letzte Möglichkeit, alle Spielkarten zu sammeln...
... sollten wir uns mit dem Wagen vielleicht... noch nicht zu weit entfernen.

Wir haben acht Leute im Wagen. Wo soll das denn hin?
Ganz sicher brauchen wir das Set irgend-wann!
Kina Sano
9:30
Ryuichi Kimari
Hayeong Kim

WATSCHAMM
WATSCHAMM
WATSCHAMM
Aber sind das nicht normale Dosen?
Kann man das denn überhaupt noch essen?
Morio Kuki
Das Haltbarkeitsdatum ist nur ein Hinweis, wie lange etwas »wohlschmeckend« verzerrt werden kann.
Einige haben Sachen aus sechzig Jahre alten Dosen gegessen.
Das ist sicher noch in Ordnung!
Gamon Kano
Ayeong Kim
Ein Grillset!
Tadah!
Kunimatsu Mito

... immer
absurder
vor.

ZWIIIRP
ZWIRP
ZWIRP
Cahma
home center
9:30
~
8:00
ZWURP
ZWURP

Das kommt etwas spät...
... aber es ist ...
... wirklich niemand hier, oder?
Mir kommt ...
... diese Situation ...

KAPITEL 3: SETTSU

Na gut, ihr alle!
Ich bete dafür, dass ihr eure Familien finden werdet!
Vielen Dank, Mikihiro!
Bye-bye, Mikhiro!
Bye-bye!

BOMM
BOMM
BOMM
BOMM
BOMM

Hayeong!
Was machst du denn? Beeil dich!
Ach, ich komme schon.
Und jetzt ...
... Abfahrt!
Wir machen einen Road-trip...
... nach Tokyo-oooooo!

Hier!
?
Meine Adresse und meine Handynummer!
Wenn du deine Familie getroffen hast...
... schick mir doch eine Neujahrskarte!
So eine mit Familienfoto.
...
Wahaha!
Arisu ...
Sollte der Weg versperrt sein...
BRÖÖÖMM
... kehr nach Settsu zurück.
Settsu?
In Osaka.

Du bist...
... plötzlich so gesprächig.
Ist...
... irgendetwas Gutes vorgefallen?
Wir können uns...
... nicht genug dafür bedanken!
Pass auf dich auf, alter Mann!
Mikihiro!

Erst mal essen!
Ich habe seit gestern nichts gegessen und fürchterlichen Kohldampf!
Aber wo kann man denn Astronautennahrung her?
Am Ende ...
... sind die zwei nicht gekommen...
Ja.
...
Noch einmal wegen vorhin ...
Als acht da waren, hast du gesagt, dass alle gemeinsam aufbrechen können.
Du wolltest die anderen zwei nie mitnehmen, oder?
Oder aber...
... du wusstest längst, dass sie nicht kommen würden?

キュ BR
キュ BR
キュ BRMM...
ブロロロ
BRÖÖÖÖMM
Karte von Japan

Arisu...
Du musst jetzt genau hinschauen...
... wem du vertrauen kannst.
Wenn du jemanden triffst, der von den Spielkarten besessen ist...
... dann gib sie schnell ab und lauf sofort davon.
Außerdem...
... bleib bitte, wie du bist.
Ganz sicher hast du Leute, die dir beistehen werden.

... aber dennoch ist für mich...
... meine Familie das Wichtigste auf der Welt...
Das weiß ich doch...
... ohne dass du es...
... aussprechen musst!
Deine Imitation ...
... ist echt erbärmlich!

Das weiß ich doch...
... ohne dass du es aussprechen musst.
Es tut mir im Herzen weh, dass ich nicht mitkommen kann...
Eigentlich würde ich gerne an deiner Seite bleiben, um dich zu beschützen...

Egal ob wir nun nach Tokyo fahren... oder einfach nur die Spielkarten sammeln...
Ich weiß nicht, was jetzt richtig wäre...
Und selbst wenn wir Tokyo erreichen...
... treffen wir dort vielleicht unsere Liebsten nicht...
Vielleicht greift uns irgendwann ein Killer an...
Und darüber hinaus ...
... möchte ich den Freunden und Kameraden nicht noch mehr Unsicherheit bereiten. Daher habe ich niemandem etwas gesagt...
Selbst mit den Reisekumpanen...
... werde ich mich vielleicht irgendwann zerstreiten ...
... und dennoch weiß ich, dass wir vorangehen müssen.
Aber im Moment ...
... habe ich Angst und bin unsicher...

Aber dann ...
... kann ich es dir...
... vielleicht sagen, Mikihiro ...
Ich habe...
... eigent-lich...
... längst ...
... mehr als genug von allem!

Es ist ein Wunder, dass es überhaupt noch eine heile Batterie gab.
Vielleicht ist das der letzte Wagen...
Aber wärst du...
... alleine in dieser Welt...
... nicht schreck-lich...
... ein-sam?
Du...
... solltest dir um mich keine Sorgen machen.
Viel-leicht...
... sehen wir uns niemals wieder...

Du zeigst wenig Emotionen, aber ich kann dir dennoch die Anspannung ansehen...
Ist... etwas vorgefallen?
Ayeong Kim
...
Nein, nichts.
Sollen wir...
... dich wirklich nicht nach Uji bringen?
Im Vergleich zu eurer Strecke ...
... ist meine gut zu Fuß zu erledigen.
Ach so.
Und im Zweifelsfall könntest du...
... sicher einen Wagen reparieren, oder?

Aber jetzt kommt mir alles viel spa-ßiger vor...
Das ist ja fast romantisch, wenn wir so wie eine Familie umherziehen.
Das kenne ich... gar nicht von dir...

Aber dann...
... können wir vielleicht nicht mehr alle Spielkarten sammeln...
Doch das...
... lässt sich wohl nicht ändern ...
Dann treffen wir uns in einer Stunde!
Seid am besten nicht allein unterwegs und geht nicht zu weit weg.
Ist das denn in Ordnung ...
... Arisu?
Die beiden wirkten ein wenig gruselig ...
... aber dennoch ...
... wäre es doch nicht in Ordnung ...
... sie einfach ohne ein Wort zurückzulassen.
Ja...
Das stimmt wohl...

Schön ...
... dass du dich kurzfasst!
Die Sonne ist aufgegangen und ich möchte nicht zu lange trödeln!
Lasst uns schnell aufbrechen!
Aufbrechen?
Aber es fehlen noch zwei, oder?
Stimmt ...
Dieser clevere Brillenheini...
... und der alte Kerl, der sicher nicht aufseiten des Gesetzes ist...
Wir haben sie den ganzen Tag nicht gesehen.
Sicher haben sie kein Interesse an Gesellschaft.
Und der Brillentyp ...
... hat eh gesagt, dass er nicht nach Tokyo will.
Wie wäre es denn damit?
Wir warten noch eine Stunde, und wenn niemand kommt, fahren wir los!

Ich bin überrascht ...
Habt ihr es repariert?
Wir wissen nicht, wie die Straße aussieht ...
... aber die Reise nach Tokyo ist somit realistischer geworden.
Willst du...
... weiterhin hier in Kyoto bleiben?
Ich heiße Ryuichi Kimari.
Wenn das so ist, dann werde ich euch nach Tokyo begleiten...
Die Lage...
... hat sich ja geändert...

Wir haben sogar Strom?!
Das ist der Schalter für den Generator.
Schaltet ihn ein, wenn ihr die Küche nutzen wollt...
Mir... kommen gleich die Tränen...
Ari-su!
Das ist echt toll!
Arisu, komm her und schau es dir an!
Jetzt bleibt nur noch der Mann im schwarzen Anzug, der gegen die Reise nach Tokyo war...
!
Wenn man vom Teufel spricht...
TSCHACK

Und hepp!
Dann kann Morio ja doch mitkommen, oder?
Ja... Das stimmt wohl...
Dann lass uns gemein-sam nach Tokyo!
Wie? Äh...
Okay?!
Abge-macht?!
Ja ...
Juhuuu! Wahaha!
Ich bin echt über-rascht.
Ein Wohn-mobil...
Bwahaha!
Damit könnten wir all unsere Prob-leme hinter uns lassen...

Das ist ein Haus!
Boah, wie ein richtiges Haus!
Heißt das etwa, dass wir nicht mehr zu Fuß gehen müssen?!
Du bist voll cool, Mikihiro!
Du bist ein Gott!

Unfass-bar!
Kann der etwa...
ZIIIRP ZIIIRP
... noch fahren?!
ZIIIRP ZIIIRP
ZWURP ZWURP
Ich kenne mich ein wenig mit Motoren aus.
Ich habe das Mobil heute Nacht fahrtüchtig gemacht.
Das...
... ist echt krass !!!
Aaaaaaah!

ZIIIRP
ZIIIRP
ZWIIIRP
ZWIIIRP
Wichtig ist...
... das Risiko einzuschätzen, von Shu angegriffen zu werden ...
... die Last aller bei der Reise zu verringern...
... und einen guten Weg zu finden, nach Tokyo zu reisen, oder?
Ihr werdet auf eine anstrengende Reise aufbrechen...
... aber...
... wie soll ich es sagen?
Ich habe eine Art Abschiedsgeschenk für euch vorbereitet...
Wenn ihr möchtet...
... könnt ihr den hier haben!

Wir können uns später immer noch zerstreiten.
Und selbst wenn so ein trauriger Tag irgendwann kommen mag...
... sollten wir bis dahin so lange wie möglich ...
... in einer gemeinsamen Gruppe unterwegs sein.
Schließlich gibt es in dieser Welt...
... vielleicht niemanden mehr außer uns...

Und da wir alle zusammen sind, sind wir eh alle in seinem Visier.
Es ist besser, wenn sie nichts wissen...
Vielleicht sollten wir stattdessen lieber gleich getrennte Wege gehen?
Ehrlich gesagt gibt es einige, die nur ein Klotz am Bein sind...
Typen, die ihre Spielkarte nicht brauchen...
... würde ich rücksichtslos...
Können wir...
... das bitte sein lassen?
Ich habe es ja verstanden...
Shu, der ermordete Michiyoshi und alle anderen von uns...
... die in diese Welt kamen...
... haben ganz sicher...
... unterschiedliche Wertvorstellungen und Ziele...

Du willst echt...
... hier in Kyoto bleiben, oder?
Ich habe meine Spielkarte an euch abgegeben und Shu hat das gesehen.
Er wird keinen Grund haben, sich mit mir anzulegen.
Ach so...
Stimmt!
Wir sollten das den anderen erzählen, und wer seine Karte abgeben will, kann sie Shu überlassen.
Und wie willst du sie ihm geben?
Willst du sie liegen lassen?
Vielleicht kann man mit ihm nicht reden.
Und was ist, wenn er sie nicht bemerkt?
Ich möchte zumindest meine Karte nicht einfach so aufgeben.
Ich auch nicht.

Willst du deiner kleinen Schwester davon erzählen?
Man sieht es ihr nicht an, aber sie ist älter als ich.
Aber ohne mich kriegt sie eh nichts auf die Reihe.
Ich überlege mir...
... ob ich es ihr sage...
Wir sollten die Leiche an einen Ort bringen, wo sie nicht so leicht entdeckt wird.
Ich werde sie später beerdigen.
Kümmert euch nicht darum und brecht lieber schnell auf.

Wir sollen darüber schweigen?
Aber jemand hat es auf unsere Leben abgesehen, oder?!
Daher sollten wir...
Gerade deswegen.
Wir stecken hier in einer Welt fest, die den Verstand übersteigt.
Nicht jeder von uns hat sich im Griff.
Was denkst du, was mit ihnen passiert, wenn sie hören, dass auch noch ein Killer hinter ihnen her ist?
Ich könnte mir vorstellen, dass einer von ihnen...
... komplett durchdrehen könnte.

Hast du etwa alles mitgehört?
Ist er...
... wirklich...
... tot?

... dass er alle für die Spielkarten umbringen wird, die hierbleiben...
... bevor er sich versteckt ...
... und in der Nähe von unserer Gruppe bleibt, die nach Tokyo fährt, um auf eine günstige...
... Chance zu warten, nicht wahr?
Hach.
Auf jeden Fall ist das alles echt problematisch geworden...
Ja ...
Wir sollten...
... diese Sache unter uns...
... dreien behalten...
...!

... er war schon von Natur aus so eine Person.
Es reicht ja, wenn einer so drauf ist...
Und...
... wohin ist Shu jetzt verschwunden?
Was glaubt ihr, was er jetzt vorhat?
Er scheint besessen darauf zu sein, die Karten zu sammeln...
Das heißt also...
... wenn eine Karte schon vor uns nach Tokyo aufgebrochen ist...
Ich gehe nach Tokyo.

Stimmt ...
Shu Ajiki.
Er hat sich mir...
... gestern so vorgestellt.
Aber ich verstehe es dennoch nicht...
Ich habe nicht gedacht, dass irgendjemand für so eine Spielkarte jemanden umbringen könnte.
Aber jetzt ist es schon so weit.
Wäre der Mann im schwarzen Anzug nicht zwischen die beiden gegangen...
... hätte es vielleicht gleich dort so weit kommen können.
Dieser unnatürliche Zustand...
... hat Shu vielleicht dazu angetrieben.
Oder aber...

Sein Ziel...
... war wohl die Spielkarte.
Michiyoshis Spielkarte...
... ist nämlich verschwunden.
BOMM
BOMM
Wir wissen nicht, was jetzt richtig ist...
... aber um uns alle Möglichkeiten offenzuhalten, sollten wir...
... »nach Tokio gehen und dabei die Karten sammeln«.
Etwas anderes bleibt uns ja nicht übrig.
Soll ich dich umbringen?
Und das ist keine leere Drohung.

Verdächtig für Michiyoshis Tod wäre eigentlich nur eine Person ...
Ja...
Niemand außer ihm.
Gleich beim ersten Aufeinandertreffen sind die beiden aufeinander losgegangen ...
Wollte er in dem Moment aus seinem Jackett etwa...
... eine Knarre ziehen?
Aber...
... selbst wenn sie sich nicht verstanden haben...
... fehlt doch ein Motiv, ihn einfach abzumurksen, oder?

Ihr beiden wirkt aber überraschend ruhig...
Seid ihr etwa an so etwas gewöhnt?
Mikihiro Tomii
So...
... unge-fähr...
Michiyoshi Yura...
PRIVATE INVESTIGATOR
由良 倫義
Michiyoshi Yura
Der Kerl...
... war also Privat-detektiv?

Er ist tot... oder?
Zwei Schuss-wunden ...
Der Lärm gestern Nacht...
... war also kein Feuerwerk.
Wer macht ...
... denn so etwas?
Gamon Kano
Also ich war das nicht...
Hayeong Kim

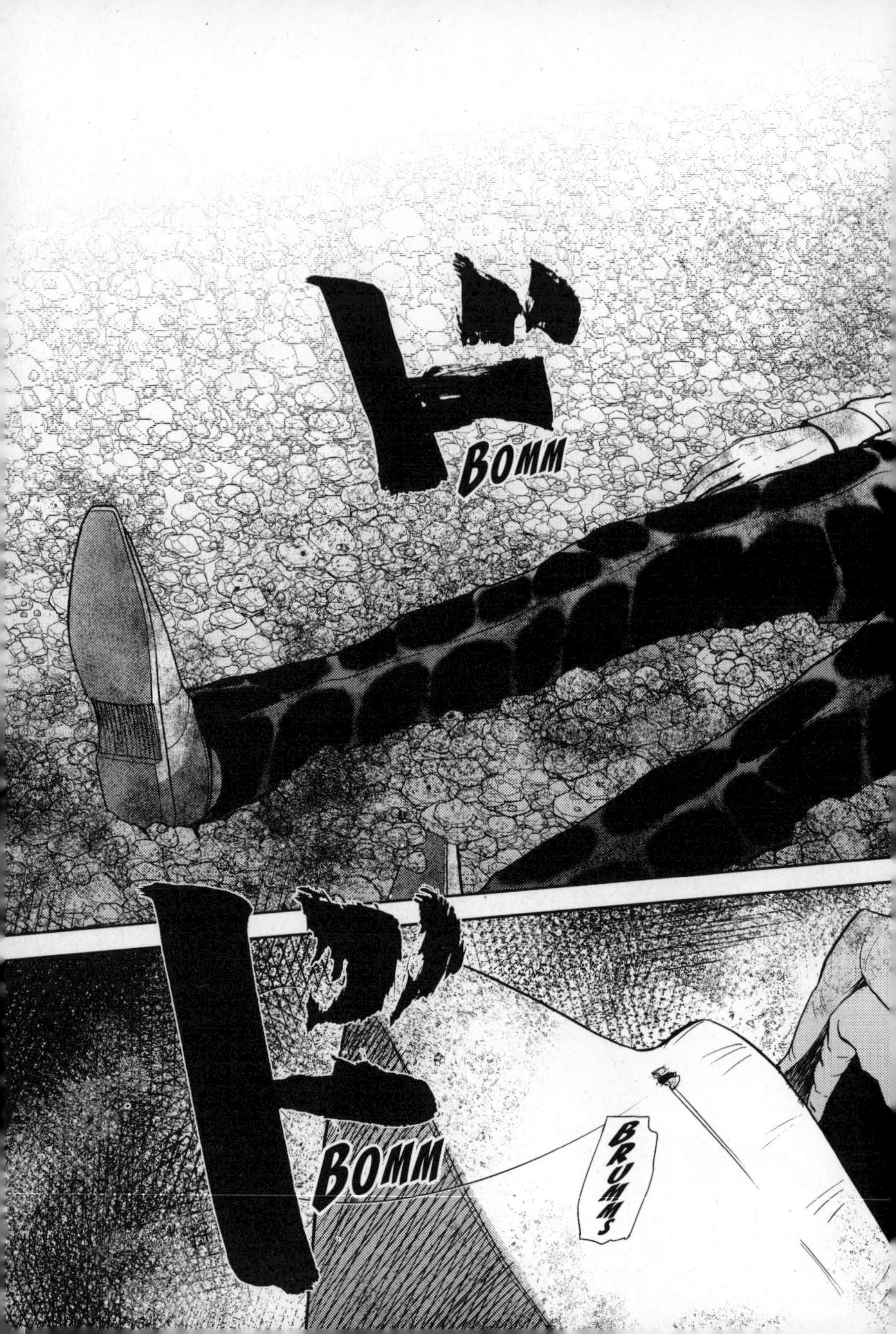
BOMM
BOMM
BRUMMS

ド
BOMM
ドド
BOMM
BRUMM

Weiterhin ein wenig an der Hoffnung festzuhalten...
... wäre sich das Beste für uns...
Kunimatsu, du bist...
... ganz schön optimistisch...
Gar nicht! Ich bin einfach nur ein Dickkopf!
Solange wir irgendwie Essen bekommen, werden wir schon nicht so schnell sterben.
Und da wir hier feststecken, sollten wir die Lage doch ein wenig genießen, oder?
Außer natürlich, hier in der Welt...
... gibt es irgendwelche bösartigen Killer!

Guten Morgen, Kina!
Guten... Morgen.
Ähm ...
Habt ihr...
... vielleicht Arisu gesehen?
Kina Sano
Keine Ahnung. Vielleicht ist sie spazieren oder so.
Und was ist, Morio?
Hast du dich endlich entschieden...
... ob du nach Tokyo gehst?
Nein ...
Ich weiß es nicht genau...
Vielleicht bin ich allen nur ein Klotz am Bein...
Aber ich wüsste auch nicht, was ich machen sollte, wenn ich hierbleiben würde.
Es ist doch egal, wohin man geht.
Sicherlich geht es uns besser, wenn wir alle nach Tokyo gehen ...

Hach...
Ich möchte so gerne baden...

Es ist ja niemand hier.
Vielleicht ziehe ich mich einfach schnell aus?

Auch wenn es so aus-sieht...
... als wären mindestens zehn Jahre vergangen...
... ist das Datum auf dem Handy...
... der Tag nach dem, an den ich mich noch erinnern kann.
7:03
Der Akku geht zur Neige. Akku-Stand von unter 20 %
Schließen
Aber schon bald...
... muss ich mich davon verabschieden...
Ob jemals...
... wieder ein Tag kommt an dem ich es...
... aufladen kann?

Dieser Ring...
... gehört vielleicht doch mir?!
WUSCH
PLIIING
Urgh!
Urgh ...
Oooh ...
Ach...
Diese... Erinne-rung...

Ab und an gibt es unnatürliche Lücken in meinem Kurzzeitgedächtnis...
Stehen sie mit Informationen in Zusammenhang, warum wir hergekommen sind?
Sollte ich darüber nachdenken, warum ich mich nicht erinnern kann?
!
Das ist nicht mein Ring...
Nein ...

Keine Radiowellen...
... und keine Signale ...
Aschenbecher
?
Was zum...
Habe ich... etwa mit dem Rauchen aufgehört?
Aber wann denn?
Und warum?
Ich erinnere mich nicht.

Könnte es vielleicht sein...
... dass wir gestorben sind?
Vielleicht ist dies...
... eine Welt nach dem Tod oder so...
Nun ja...
Das würde mir mehr zusagen als ein Wurm-loch...
Tja...
Auf jeden Fall...
... war ich in unserer alten Welt...
... auch im Grunde schon lange tot...
Morio Kuki

Konntest du schlafen?
Nein, überhaupt nicht.
Ich habe nachts eine riesige Ratte gesehen.
Und es war ansonsten auch laut...
Kunimatsu Mito
Aber hast du nicht auch...
... irgendwo tief im Herzen gehofft, dass wir nach dem Aufwachen...
... wieder in der realen Welt wären?
Ja... Irgendwie schon.
Aber auch am Morgen...
... sieht die Welt noch genauso aus...

... war es doch kein Traum, nicht wahr?
Arisu Kojima

Anschei-
nend...
KAPITEL 2: KYOTO

KAPITEL 2

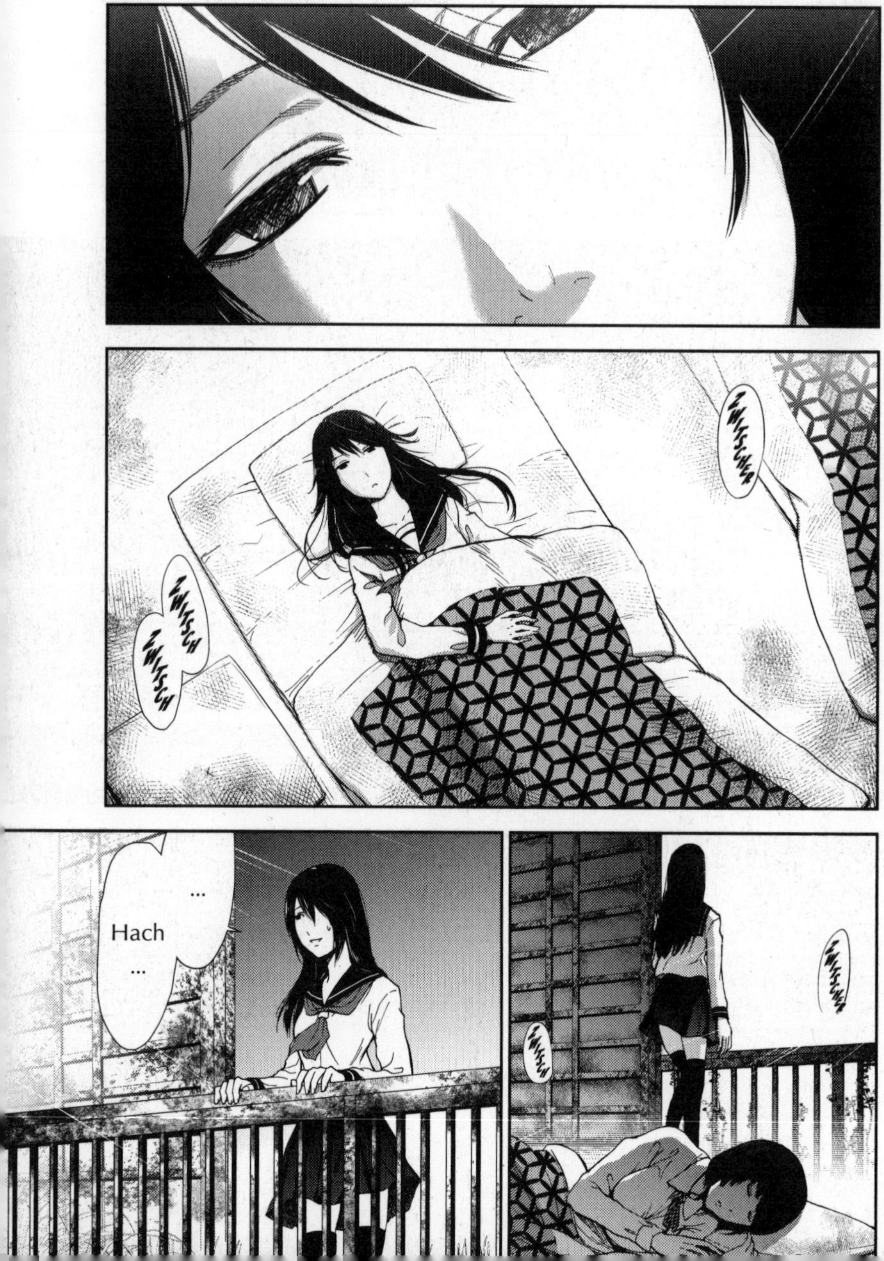

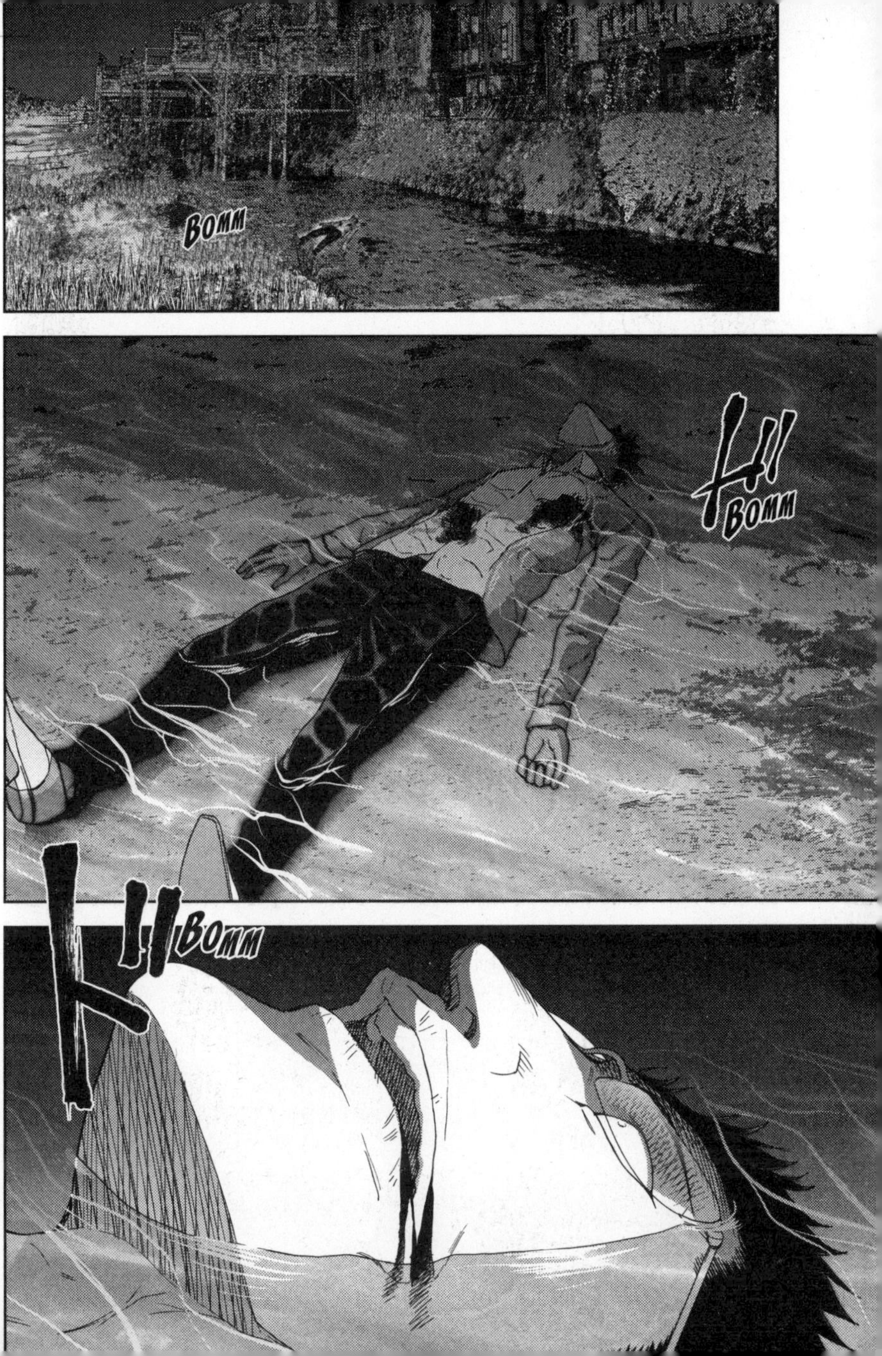
BOMM
BOMM
BOMM

Was war das für ein Krach?
Hat Kunimatsu...
... wieder Feuerwerk gezündet?
Wir sollten jetzt schlafen.
Wir sollten unsere Kraft nicht verschwenden.
Das stimmt wohl...
Schlaf gut...
PENG

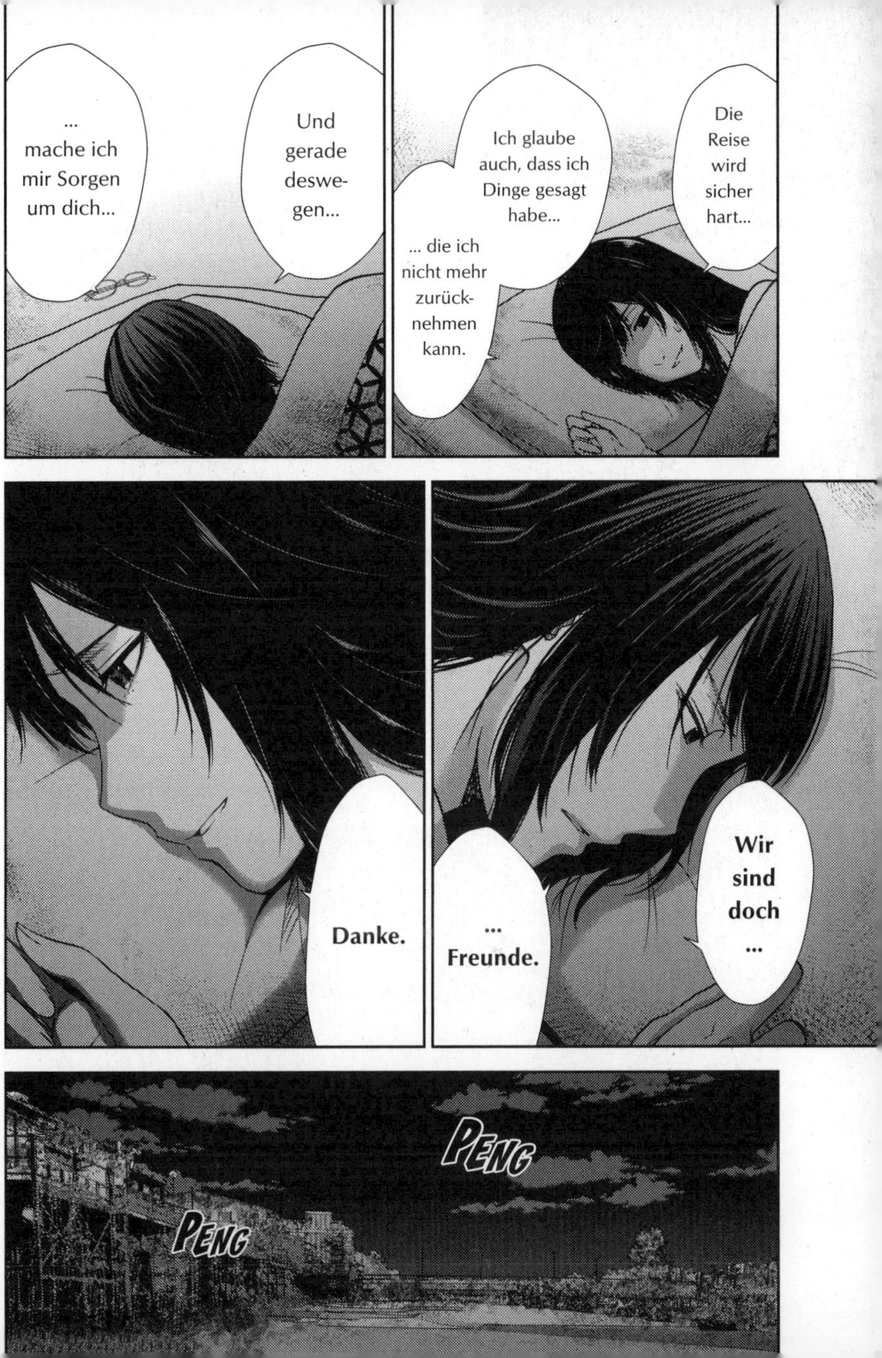
Die Reise wird sicher hart...
Ich glaube auch, dass ich Dinge gesagt habe...
... die ich nicht mehr zurücknehmen kann.
Und gerade deswegen...
... mache ich mir Sorgen um dich...
Wir sind doch ...
... Freunde.
Danke.
PENG
PENG

Ich habe Angst ...
... aber gerade deswegen kann ich mich weiter-hin normal verhalten.
Sag mal, Arisu.
Hm?
Darf ich...
... denn auch mit-kommen?
Nach Tokyo?
Ich weiß nicht, was uns dort erwarten wird...
... aber ich...
... möchte es mit eige-nen Augen sehen.

Was soll ...
... denn jetzt...
... aus uns werden?
Arisu ...
... hast du keine Angst?

Wir sollten uns weiterhin ...
... wie zivilisierte Menschen verhalten.
Streiten können wir uns immer noch.
Aber für heute reicht das erst mal, oder?
Es sind zu viele unverständliche Dinge auf einmal passiert.
Wir sollten uns erst mal beruhigen...
... und eine Nacht darüber schlafen...

Das weiß ich doch...
Ich arbeite im gleichen Milieu und kenne Arsch-löcher wie dich...
Ach ja?
TSCHACK
WAMMS
Vielleicht ist nur hier in der Stadt das System zusammenge-brochen.
Eventuell gehen wir einen halben Tag, und dort fahren ganz normal Autos und Bahnen.
Es besteht weiterhin die Chance, dass Japan noch existiert.
Wir sollten uns an Verfassung und Gesetze halten.

Du kannst ruhig bleiben ...
... aber dann mach es dem Typen nach ...
... und rück deine Karte raus ...
Laber mal keinen Blödsinn...
Das ist vielleicht...
... die einzige Rettungsleine, an der wir uns festklammern können, oder?
Dann geht doch nach Tokyo!
Ich bin doch nicht verpflichtet dazu...
... euch leichtfertigen Trotteln meine Spielkarte abzugeben, oder?
Also lass die blöden Scherze...
Warum bist du...
... nur so ein lästiger Kerl?
Soll ich dich umbringen?
Und das ist keine leere Drohung.

... aber wir werden so gut wie möglich Spuren hinterlassen...
... also kannst du uns folgen, wenn du deine Meinung änderst.
Dann ...
... nehme ich sie gerne an...
Ich sag gleich ...
... dass ich auf keinen Fall nach Tokyo gehen werde!
Es ist doch kompletter Irrsinn, mitten im Sommer ohne Wegweiser durch den Wald zu laufen!
Das Spielkarten-sammeln ist damit doch vorbei.
Macht doch, was ihr wollt.

Das ist meine Spielkarte.
Ich würde sie euch gerne mitgeben.
Wie?
A... Aber...
Ehrlich gesagt habe ich keine Ahnung...
... was für einen Sinn diese Spielkarte wohl hat ...
... aber angenommen...
... sie wird doch gebraucht werden, dann solltet ihr sie dabeihaben.
Es ist natürlich egoistisch von mir, dass ich nach Hause nach Uji möchte...
... aber ich möchte euch dadurch keine Probleme bereiten.

Ich werde...
... auch nach Tokyo gehen...
Wir wissen nicht, was jetzt richtig ist...
... aber um uns alle Möglichkeiten offenzuhalten, sollten wir...
... nach Tokyo gehen und dabei die Karten sammeln.
Etwas anderes bleibt uns ja nicht übrig.
Damit sind es...
... sieben.
Haah!
Haah!
Hast du kurz Zeit?

Dieser Kreuzkönig...
... hat sicherlich die zwölfte Karte...
... und hat verkündet, dass er nach Tokyo geht.
Ich gehe
ach Tokyo.
Was macht...
... die »Spielkarten«-Gruppe denn jetzt?
Was soll der Mist?!
Warum ist er einfach so ohne uns aufgebrochen?!
Was soll der Scheiß denn?!
Was für ein Dreckskerl?!
WAMM
WAMM
WAMMS

Ich gehe nach Tokyo.
OH
ch gehe
ch To
WO
O
Ihr habt doch sicherlich schon bemerkt...
... dass wir nur elf sind.

Es gibt da etwas...
... das ihr euch mal anschauen solltet!
Dürfte ich euch also bitten...
... mal hoch auf die Brücke zu kommen?
Wa ...
Was ist denn das?!

Noch wissen wir das doch gar nicht.
Im Moment ist das alles noch unklar.
Aber meine Aussage unterscheidet sich kaum...
... von deinem Vorschlag nach Tokyo zu gehen.
Auch wenn ich das nur im Scherz gesagt habe...
... könnte es dennoch irgendeinen Grund geben, aus dem wir alle Karten sammeln müssen.
Darauf müssten wir vorbereitet sein, oder?
Wenn im Ernstfall die Hälfte nach Tokyo abgedüst ist...
... können wir nicht mehr alle sammeln!
Solange wir nicht wissen, was hier abgeht...
... will ich mich nicht entscheiden!
Die »Tokyo«-Gruppe...
... und die »Spielkarten«-Gruppe.
Anscheinend sind wir aufgesplittet...
Wenn man Leute zusammenbringt, die sich alle fremd sind, passiert das eben...
... aber ich hätte einen Vorschlag!

Ich bin...
... ebenfalls dagegen, nach Tokyo zu gehen.
Selbst wenn wir aus Tokyo kommen...
... ergibt es keinen Sinn, wieder dort zu sein, oder?
Wir haben im Moment noch viel zu wenig Anhaltspunkte.
Es wäre verfrüht, einfach unwissend Kyoto zu verlassen.
Das ...
... kann ich durchaus verstehen...
Da sagst du etwas Sinnvolles, Abteilungschefgesicht.
Ihr habt es doch sicher nicht vergessen, oder?!
Es gab immer noch die Theorie, dass dies ein Battle Royale ist, um die Spielkarten der anderen zu rauben, oder?!
Es wäre echt ärgerlich, wenn ihr in alle Richtungen verschwindet!

Ich war am Freitag nur zum Arbeiten in Tokyo.
Eigentlich wohne ich hier in Kyoto.
Mein Zuhause ist in Uji, mit Frau und Kind.
Ich werde mich morgen früh dorthin aufmachen.
Nun ja.
Ich weiß aber nicht...
... ob ich sie dort antreffen werde...
20:03
Wischen zum Freischalten
Vielleicht wurden sie irgendwohin evakuiert...
Bis zum Schluss...
... darfst du nicht aufgeben, ja?
Vielen Dank, dass du das sagst.

Meint ihr das ernst...
... oder seid ihr dumm?
Da sind ja nur Frauen dabei. Das klingt gut!
Dann werde ich auch mitgehen!
Wie?
D... Dann...
... ich auch...
Tss!
Dann ist es doch nicht mein persönlicher Harem!
Damit gehen fünf nach Tokyo.
Was ist mit dem Rest?
Nun ja...
Ich weiß...
... nicht so genau...
Es tut mir leid, aber...
... ich lasse das lieber.

Das meiste Essen mit Haltbarkeitsdatum ist nach wenigen Monaten verdorben.
Nur Überlebensnahrung und Astronautennahrung halten mehrere Jahrzehnte.
Aber zum Glück...
... sind hier keine Menschen, weswegen Tiere umherstreifen.
Tiere?
Die kann man doch nicht jagen!
Du könntest das nicht.
Ich schon.
Ich bin Hayeong Kim.
Und das ist Ayeong.
Zu uns passt besser, in Bewegung zu bleiben.
Da wir uns sonst langweilen, würden wir auch zu Fuß nach Tokyo gehen.

Aber was ist mit einem Auto?
Wie wollen wir denn zurück nach Tokyo?
Wir haben ja nicht mal Wasser und Essen...
Über die Autobahn sind es ungefähr 500 Kilometer. Das sind mit 40 Kilometern am Tag ungefähr zwei Wochen marschieren!
Bist du das zu Fuß gegangen?!
Damals als Schüler!
Essen ...
... ist auch kein Problem.

Außerdem hat dieser Mann gesagt...
Gamon Kano.
Nenn mich ruhig Gamon.
Gamon hat doch gesagt...
... dass es sicherlich irgendeinen Sinn hat...
... dass wir eigentlich aus Tokyo kommen, aber hier aufgewacht sind.
Es könnte also Regel des Spiels sein...
... dass wir von hier nach Tokyo zurückkehren müssen, nicht wahr?

Was ist denn aus unseren Familien...
... unseren Freunden und unseren Liebsten in Tokyo geworden?
Was ist aus unserem Zuhause und der Stadt geworden...
... in der wir gelebt haben?
Ich kann jedenfalls...
... nicht einfach nur tatenlos hier in Kyoto bleiben.
...
Nun ja...
Und dennoch geht das doch nicht. Oder?

...
Ähm.
Also ich...
Heim-kehren?
Etwa ... ... nach Tokyo?
Macht ihr...
... euch denn über-haupt keine Sorgen?
... würde gerne wie-der heim-kehren.

Essen und Schlafplätze.
Wir müssen an die realen Probleme denken, oder?
Vielleicht müssen wir hier ...
... so lange leben, bis wir irgendwann sterben.
Hier leben?
Aber es sind doch bisher nur wir hier, oder?
Wir sollten also am besten alle zusammen bleiben, nicht wahr?
Tja...
Natürlich nur...
... wenn wir alle miteinander...
... kooperieren.

Meine letzte Erinnerung ist von Freitagmittag....
Ich war auf dem Weg zum Gericht...
Tja, das spielt jetzt aber keine Rolle.
Ich erinnere mich auch nur an den Freitag...
Vielleicht sollten wir überlegen, was an dem Tag passiert ist, oder?
Aber offensichtlich sind hier doch zehn Jahre vergangen, oder?
Sind wir etwa durch ein Wurmloch in der Zukunft gelandet?
Wenn wir alle Karten sammeln, erscheint vielleicht das Wurmloch...
... und wir können in unsere Welt zurück.
Wenn ich an eure Theorie glaube, dass dies ein Spiel ist...
... ist das vielleicht alles einfacher zu akzeptieren.
Spiele ...
... und Wurmlöcher sind mir egal...

In der Popkultur gibt es das oft, oder?
Die Opfer sind eigentlich alle irgendwie miteinander verbunden.
Auf den ersten Blick wirkt es so, als hätten wir keine Gemeinsamkeiten, aber dann stellt sich heraus, dass es doch eine Verbindung gibt.
Sofern ich das erkennen kann...
... seid ihr zwei Schwestern, oder?
...
Ja, genau.
Aber alle anderen hier...
... sehen sich wohl zum ersten Mal...

Das ist wirklich ein kindlicher Gedanke, aber...
... wir können nicht ausschließen, dass dies ein »Game« ist.
Und daher...
... gibt es ganz sicher auch Regeln.
Ein Spiel, bei dem man sich gegenseitig tötet?
Es tut mir leid, aber das finde ich nicht lustig.
Es muss doch noch andere Möglichkeiten geben.
Wenn wir uns erinnern, wie wir hergekommen sind...
... oder wenn wir herausfinden, dass wir doch irgendwie anders zusammenhängen.
So etwas wie ein Missing Link? Das klingt auch gut.
Und jetzt wird hier ja schön diskutiert.
Ein Missing Link?

Jemand steckt dahinter?!
Meinst du etwa, jemand hat das alles gemacht?
Lächerlich!
Ich glaube eher an Kreationismus als an Evolution.
Selbst wenn man alle Zufälle ignoriert ...
... ist die Existenz der Spielkarten völlig absurd.
Es ist genauso absurd wie ein Gott, der das Geheimnis des Lebens programmiert hat.
Ich bin fest davon überzeugt, dass sie einen Sinn haben müssen.
Ist das etwa eines dieser Todesspiele, die in letzter Zeit in den Medien so beliebt sind?
Müssen wir uns etwa gegenseitig töten?
Wer es schafft, alle Karten zu sammeln, kann zurück in die eigentliche Welt...
... oder so?

Es sind so viele unglaub-würdige Dinge passiert, dass einige von euch das sicherlich nicht akzeptieren können...
... aber von den vielen Ge-heimnissen, die uns umgeben, müssen wir zwei klären.
Ers-tens:
Warum sind wir in Kyoto und nicht in Tokyo aufgewacht?
Zwei-tens:
Warum hat jeder eine Spielkarte bei sich?
Und wenn man diese beiden Rätsel be-trachtet...
... glaubt ihr dann nicht auch, dass irgend-jemand dahinterste-cken muss?

Drittens:
Jeder von uns hat aus irgendwelchen Gründen eine andere Karte bei sich.
Das wäre im Grunde alles, oder?
Ja... In der Tat.
Ich habe eine Spielkarte!
Was ist denn das?!
!
Stimmt!
Wo kommt die her?
Ich habe den Herzbuben!
Kann ich...
... zurück zum Thema kommen?
Wo sind alle anderen Personen außer uns plötzlich hin?
Wie viel Zeit ist vergangen, dass das hier aus der Welt werden konnte?

Ich sage aber gleich, dass ich keinen Bock habe, hier Anführer zu werden.
Aber es wäre doch gut, wenn jemand die Sache vorantreibt, oder?
Wir sollten erst mal die Lage einordnen!
Uns alle verbinden hier im Grunde nur wenig Dinge.
Erstens:
Wir kommen aus Tokyo, aber sind aus irgendeinem Grund hier in Kyoto aufgewacht.
Zweitens:
Wir erinnern uns alle nicht mehr daran, wie wir hergekommen sind.

So...
Sollten wir sie nicht...
... besser aufhalten?!
Wir hätten ...
... nicht herkommen sollen...
Jaja-ja!!
KLATSCH
KLATSCH
Das reicht jetzt aber!
Wenn wir nicht kooperieren können...
... wäre es doch komplett sinnlos, dass wir uns hier versammelt haben!

Den ganzen Tag...
... bin ich auf der Suche nach Essen gewesen und echt genervt...
Und wenn ich genervt bin, kann ich echt ungemütlich werden.
Ähm...
Sorry...
... aber kennen wir uns irgendwoher?
Nein ...
Wenn du Ärger willst, dann probier es doch.
Wie du siehst...
... ist die Welt eh schon zugrunde gegangen.

Dann bleiben noch...
Huch?
Ihr wirkt irgendwie etwas schüchtern, oder?
Das ist doch egal.
Ich habe eh keinen Bock, mir die Namen zu merken.
Wer sich nicht vorstellen will...
... kriegt von mir einen Spitznamen.
Die beiden jungen Frauen...
... sind Schmolli und Schatti.
Das ist Abteilungschefgesicht.
Und du siehst aus ein komischer Gangster.
Uff...
Was für ein Unsinn.

Tja...
Anscheinend haben sich hier alle versammelt...
Wollen wir uns erst mal gegenseitig vorstellen?
Ich...
... bin Kunimatsu Mito.
Ich heiße Morio Kuki...
Ich habe einen Verwaltungsposten.
Ach.
Öhm...
Wo ist denn meine Visitenkarte?
Ich heiße Mikihiro Tomii.
Ich bin Lkw-Fahrer.

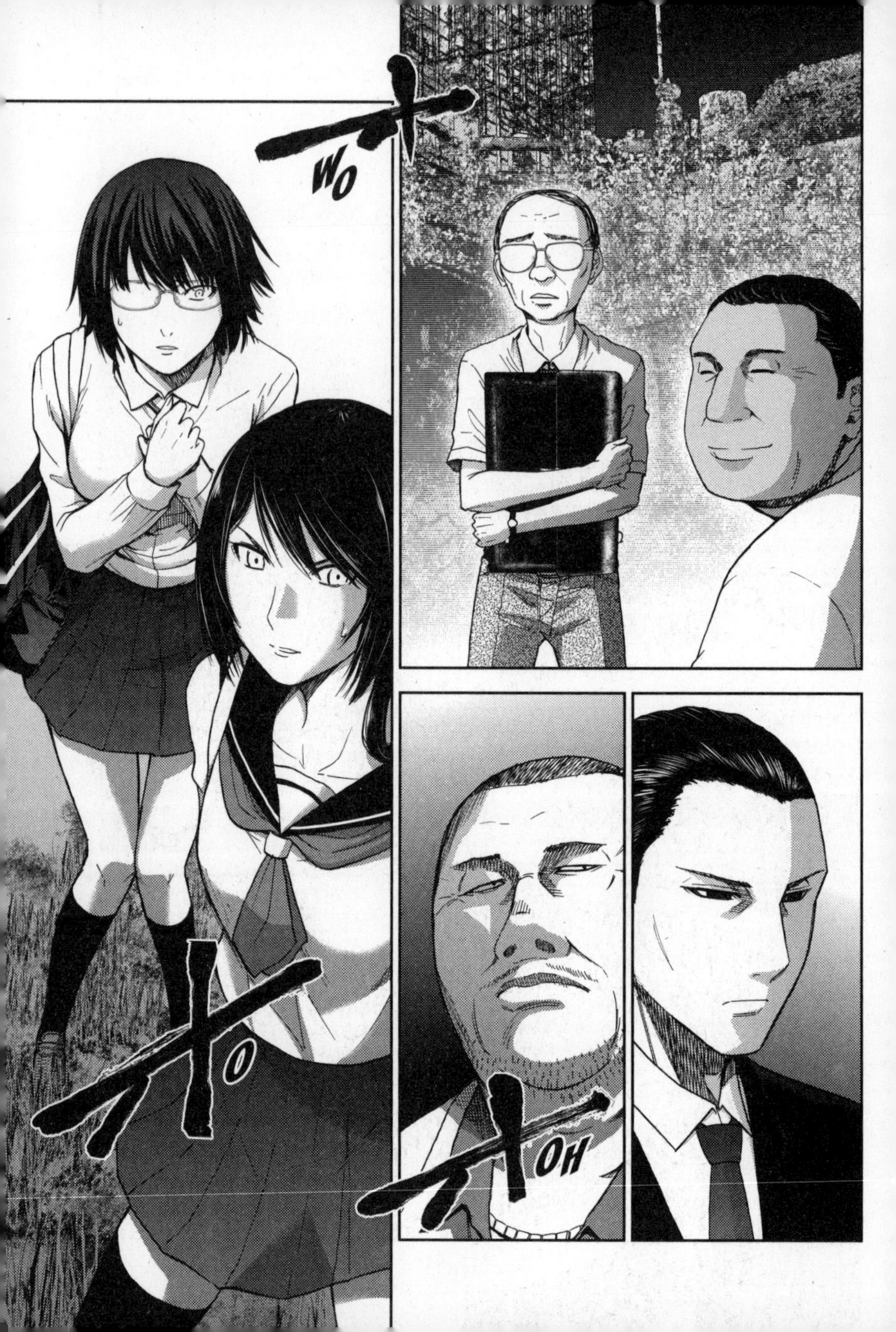
WO
O
OH

Ich habe einen Feuer-werksladen gefunden!
Ich wollte schon immer mal selbst eines in die Luft jagen!
Voll geil!
WO
OH
O

* Bei einem Feuerwerk rufen Japaner den Namen eines berühmten Feuerwerksladen aus der Edo-Ära

BOMM
BOMM
PRASSEL
BOMM
Sanjo-Brücke

BO
BOMMS
Feu …
Feuer-
werk?!
BOMM
Dann muss es...
... neben uns wirklich...
BOMMS
... noch weitere Personen geben!
Es kommt vom Flussufer!
Komm schon, Kina!
DAPPS

VRRRRRMM...
BOMMS
Was?!
BOMMS

Ich bin auch froh, dass du die Erste bist, die ich getroffen habe...
ZWIZWIRP
ZWIZWIRP
ZWIZWIRP

Arisu...
Du bist echt stark...
Gar nicht.
Aber ich will stärker werden.
Ich auch ...

Ich heiße Arisu.
Arisu Kojima.

Vielleicht ist unter den Erwachsenen auch jemand, der einen Plan hat.
Sicher wird das schon alles irgendwie werden.
Tja.
Was mich angeht...
... bin ich echt froh, dass ich dich als Erstes getroffen habe, weil wir sicher gute Freunde werden!
Stimmt ja. Wir haben uns...
... noch gar nicht unsere Namen gesagt, oder?
Kina Sano ...

Das ist...
... der einzige Hinweis, den wir über diese komplett verrückte Welt haben.
Und schau mal...
Sie zeigen unterschiedliche Bilder.
Dann muss es ganz sicher...
... noch andere Personen geben, die sich in diese Welt verirrt haben.
Vielleicht sind unter ihnen auch Erwachsene.
Selbst wenn wir vielleicht nicht wissen, was wir jetzt noch machen können...
... sollten wir andere Menschen suchen...
... die mehr Wissen und Erfahrung als wir haben.

... die hier in meiner Hand.
WO O OH
Eine Spielkarte!
Unfassbar...
Ich auch!
Also doch...
Ich dachte schon, dass es bei dir vielleicht ähnlich ist.

Der Inhalt der Dose... roch echt seltsam.
Ich habe voll Hunger...
ZWI ZWIRP
ZWI ZWIRP
Wenn das ein Traum ist...
... kehren wir nach dem Aufwachen zurück in unsere Leben, oder?
Ich weiß nicht...
Was ist wenn wir für immer...
... zu zweit in dieser Welt sind?
Stimmt ja. Seit wir hier sind, gab es so viele überraschende Dinge...
... dass ich daran kaum gedacht habe...
... aber als ich die Augen aufmachte, hatte ich...
WÜHL

ZWI WIRP
ZWIWIWIRP

Sag mal...
Wenn das ein Traum ist, sollten wir das ausnutzen.
Wollen wir nicht etwas machen?
Sight-seeing!
Ich bin zum ersten Mal in Kyoto!
Ich auch ...
Dann sollten wir bei dem kleinen Fluss etwas Wasser schöpfen.
Ich habe dort eine Plastikflasche treiben sehen...
Das klingt gut!
Ich habe echt schrecklichen Durst!

Du bist...
... genauso wie ich!
Die Welt ist völlig belanglos.
Das habe ich auch jeden Tag gedacht.
Daher bist du nicht schuld daran.
Das ist ganz sicher...
... unser gemeinsamer Traum.

Meine Klassenkameraden und die Schule waren mir egal...
Die Gesellschaft und die ganze Welt waren für mich so belanglos...
Nichts ist fair im Leben.
Es gibt überhaupt nichts Gutes.
Deswegen ...
... dachte ich, dass alles ruhig verschwinden kann ...
Es könnte ruhig alles restlos zerstört werden ...
Vielleicht ist diese Welt nur eingetreten, weil ich solche Gedanken hatte, oder?!
Was ist, wenn wir niemals aus diesem Traum aufwachen können?!
Und ich... habe dich da jetzt sogar mit hineingezogen!

Dann bin ich nur eine Figur in deinem Traum?
Oder haben wir beide denselben Traum?
ZIIRP
ZIIRP
Toll.
Das ist ja wie in einem Science-Fiction-Film!
ZWURP
ZWURP
Wenn das ein Traum ist...
... werden wir irgendwann aufwachen, oder?
Was mache ich denn nun?
Es ist vielleicht meine Schuld...
Was denn?
Die ganze Welt...
... kam mir immer so belanglos vor...

Aber warum sind wir denn in Kyoto?
ZWIIRR
ZWIRP
Und sowieso sieht das alles...
... sehr nach der Zukunft aus?
ZWIRP
ZWIIRR
Dann scheinst du dich ...
... also auch an nichts zu erinnern ...
In meiner letzten Erinnerung...
... sollten morgen die Ferien anfangen ...
... ich habe das Training geschwänzt und kam zu spät zur Abschlussfeier.
Ich wartete noch aufs Geld vom Job und ging nicht zum Karaoke.
Irgendwie erinnere ich mich an alles bis dahin...
... aber irgendwie fehlt das Entscheidende.
Das ist doch...
... ganz sicher ein Traum, oder?

... dann gibt es neben mir...
... also doch noch Men-schen!
Jishujinja
Liebesglück
Regionale Gottheit
Ach ...
Dann ...
... kommst du auch aus Tokyo?

U... Uwaaah!
Hoppla!
WATZ
W...
Was machst du denn da?!
Nun ja...
Irgendwie hatte ich Lust darauf...
Aber ...
Eigentlich würde man dafür doch Ärger bekommen, oder?

ZWIIIRP
ZWIRP
ZIIIRP
ZIIIRP
ZWIRP
ZWIRP
ZWIRP
ZWIRP
ZWIRP
ZWIRP
ZWIRP
ZWIIIRR
ZIIIRP
ZIIIRP

Hach ...
Jetzt geht es mir besser ...
Habe ich mir etwa...
... diese Welt gewünscht?
Stecke ich daher...
... in einem Traum, aus dem ich nicht aufwachen kann?

Eigentlich hat niemand danach verlangt.
Ähm ...
Entschuldigung?
Eigentlich wünscht es sich niemand.
Aber bevor man sich's versieht, ist man plötzlich auf der Welt.
Und irgendwann...
... stirbt man, obwohl man sich auch das nicht wünscht...
Das Leben ist wie ein blödes Spiel...
... zu dem man 80 Jahre lang gezwungen wird.

* Hauptstraße, die durch das gesamte Zentrum Kyotos führt

Haha...
Das ist...
... sicher ein Traum, oder?
ZWIIIRP
ZWIRP
ZWIIIR
ZWIRP
ZIIIRP
ZIIIRP
Wie viele Jahre müssen verge-hen...
... dass alles so aussieht?

W...
Was...
ZWIIIRP
ZWIRP
ZWIRP
... ist
das?
Was...
ZWIIIRPS
ZWIIIRPS
... ist
hier denn
passiert?
ZWURP
ZWURP

RASCHEL
KNIRCKS
ZWIIIRRRP
ZWIRP
ZWIIIRP
Hah.
Hah...
Das ist...
... kein echter Baum, oder?
ZWIRP
ZWIRP
ZWIIIRP
ZWURP
ZWURP

ZIIIRP
ZIRP
ZIRP
ZWURP
ZWURP
ZWIRP
ZWIRP
ZIIIRP
ZIIIRP
ZWIRP
ZWIRP
ZWIRP
?

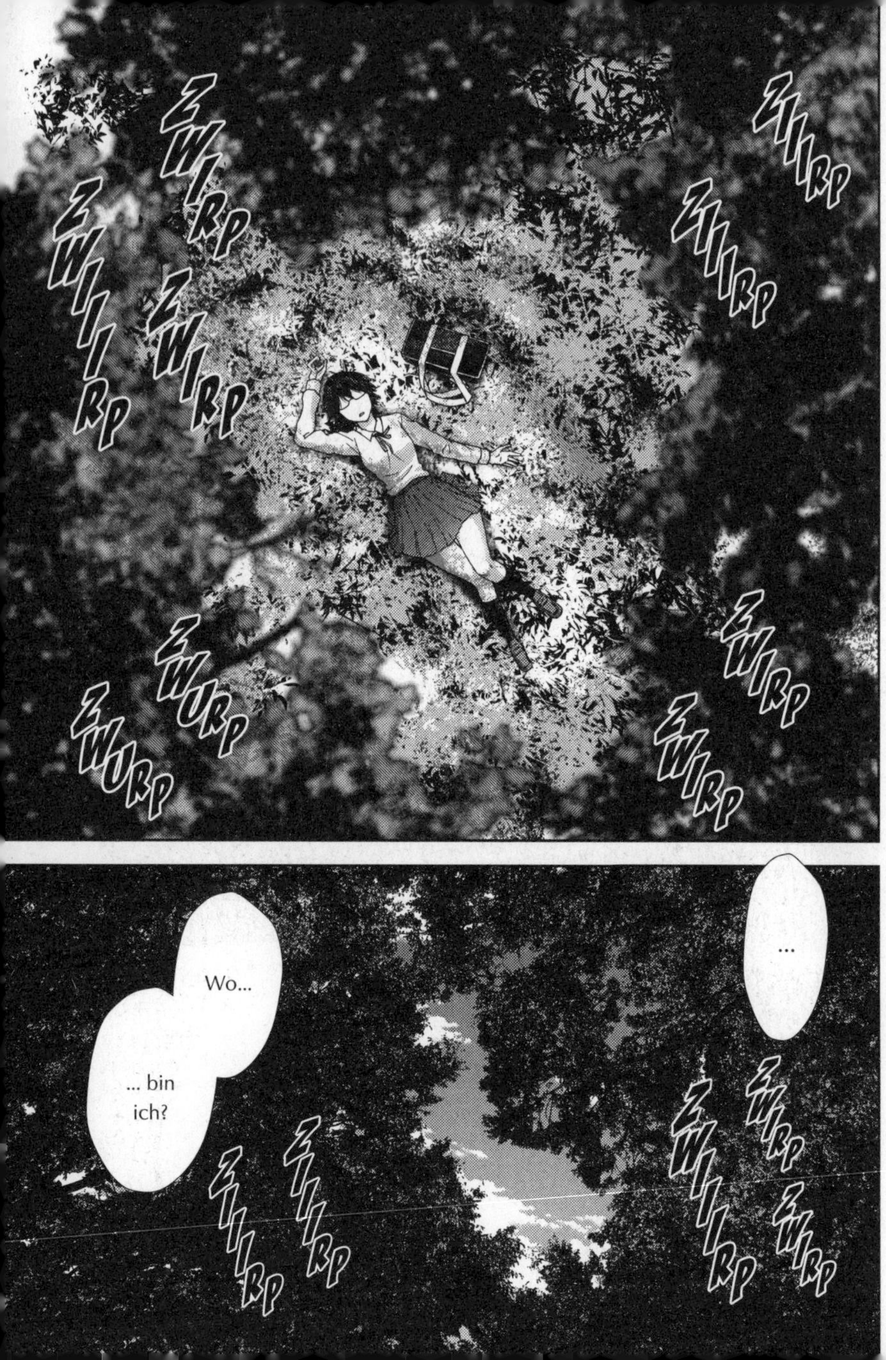
ZIIIRP
ZIIIIRP
ZWIRP
ZWIRP
ZWIIIIRP
ZWIRP
ZWIRP
ZWURP
ZWURP
...
Wo...
... bin ich?
ZWIRP
ZWIIIIRP
ZWIRP
ZIIIRP
ZIIIIRP

KAPITEL 1: ALICE ON BORDER ROAD

Eigentlich hat niemand danach verlangt.
Eigentlich wünscht es sich niemand.
Aber bevor man sich versieht, ist man plötzlich auf der Welt.
Und irgendwann stirbt man, obwohl man sich auch das nicht wünscht...
Das Leben ...
... ist wie ein blödes Spiel...
... zu dem man 80 Jahre lang gezwungen wird.

ALICE ON BORDER ROAD 1

INHALT

HARO ASO

ALICE

ON BORDER ROAD

ORIGINAL: HARO ASO
ZEICHNUNGEN: TAKAYOSHI KURODA

1

AUS DEM JAPANISCHEN VON
LASSE CHRISTIAN CHRISTIANSEN

»Würden Sie mir bitte sagen,
welchen Weg ich von hier
aus einschlagen soll?«

»Das hängt stark davon
ab, wo Sie hinwollen.«

Alice im Wunderland von Lewis Carrol